Schmal ist der Tugend Pfad

"Im Wald, zwei Wege boten sich mir dar, und ich ging den, der weniger betreten war. Und das veränderte mein Leben."

Robert Lee Frost
(US-amerik. Dichter, 1874-1963)

Wolfgang Frink

Schmal ist der Tugend Pfad

Roman

Bel-Litera-Verlag

Erschienen im Bel-Litera-Verlag

Die Deutsche Bibliothek - CIP Einheitsaufnahme

Von Wolfgang Frink ist bisher erschienen:
DAS GEHEIMNIS DER ZYPRESSEN
(ISBN 3-89811-493-7)

Herstellung: Libri Books on Demand GmbH, Hamburg

Umschlaggestaltung: Alexander Elsen

ISBN 3-8311-0957-5

Meiner Mutter, meiner Frau, und meiner Familie
in Dankbarkeit

Kapitel 1

Thomas Maurer schaute mit einem flauen Gefühl im Magen der hoffnungslos überfüllten Gondel der Hahnenkammbahn nach, die sich leicht schwankend über die Dächer der angrenzenden Häuser erhob. Er hatte sich zu einem Skikurs angemeldet, der in einer Stunde in luftiger Höhe beginnen sollte. Langsam schwebte die nächste Gondel heran und trug sie sicher und weich nach oben.

"Zunächst sagen wir alle DU zueinander", begann der Skilehrer den Kurs. "Das ist bei Sportlern so üblich und vereinfacht den Umgang miteinander. "Beppi, so hieß er, war durchtrainiert und braungebrannt. Auch mehrere Stunden in der prallen Sonne ließen bei ihm keinerlei Erschöpfung erkennen.

Das kann ja heiter werden, dachte Thomas. Mir tun jetzt schon alle Knochen weh.

Kurz darauf setzte sich eine junge Frau auf ihren hübschen Hintern. Sie war blond, langbeinig, und ihr Pferdeschwanz lugte unter der roten Skimütze keck hervor. Ihr lustiges Lachen steckte alle an. Sie kam nicht mehr auf die Beine und ihre schier hilflosen Verrenkungen lösten bei der Truppe allgemeine

Heiterkeit aus. Ehe Beppi sie erreichen konnte, war Thomas schon bei ihr. Er packte kräftig zu und zog sie nach oben. Dabei mußte er aufpassen, daß er selbst das Gleichgewicht behielt und mit den glatten Brettern an den Füßen nicht ebenfalls zu Boden ging.

"Danke!" rief sie und schaute ihn spitzbübisch an.

"Gern geschehen", nuschelte er steif, und klopfte sich den Schnee von den Handschuhen.

"Ich hoffe, wir brechen uns bei dieser Aktion nicht alle Knochen. Ich heiße übrigens Inge, und du?"

"Thomas!" antwortete er verdutzt.

Er spürte plötzlich eine ihm sonst fremd gewesene Unsicherheit. Seine Hände zitterten leicht und er hatte ein fast unbändiges Verlangen nach etwas Hochprozentigem. Inge war ihm bereits mehrfach aufgefallen und er fand ihre Figur ziemlich aufregend. Doch seine Gedanken kehrten dann sofort zu seiner geschiedenen Frau und seinen beiden Kindern zurück. Sein Gewissen meldete sich. Vielleicht hätte ich beruflich doch etwas kürzer treten sollen, warf er sich immer wieder vor. Dann wäre es vielleicht nicht so weit gekommen. Schmerzlich wurde ihm bewußt, daß er die Trennung noch lange nicht verkraftet hatte. Er verscheuchte seine Gedanken und konzentrierte sich auf seine Umgebung.

"Laß' uns die Bahn räumen, Thomas!" rief Inge, die sein Zögern bemerkt hatte, "die anderen wollen weiter üben." Sie rückte ihre Brille zurecht und musterte ihn unverhohlen.

Der Vormittagskurs ging zu Ende und alle trafen sich zur Mittagspause in einem nahegelegenen Lokal. Am Nachmittag waren noch mal zwei Stunden Skivergnügen angesagt.

"Was haltet ihr davon, wenn wir uns noch einen Glühwein genehmigen!" rief Inge zum Schluß. "Ich habe nach dieser Schinderei einen Riesendurst. Auch könnte ich einen Bissen vertragen. Skilaufen macht hungrig."

Inge schaute Thomas an und hakte sich bei ihm ein. Ihre Füße schmerzten in den engen Schuhen. "Ich habe das Gefühl, als steckten sie in einem Schraubstock", jammerte sie und bat Thomas um Abhilfe.

"Mir geht es nicht anders", sagte er gequält. "Komm wir setzen uns und lösen die Schnallen."

"Gute Idee, Thomas. Jetzt geht es schon etwas besser." Sie saßen an einem großen Tisch im Freien und genossen das herrliche Panorama der gewaltigen Bergwelt. Das gegenüberliegende Kitzbüheler Horn, dessen Gipfel im Sonnenlicht erstrahlte, nahm sie gefangen.

Inge ist wirklich ein nettes Mädchen, dachte Thomas, und ließ seinen Blick auf ihren langen blonden Haaren ruhen. Bei ihrem Lachen könnte ich meine Sorgen vergessen.

"Na denn Prost!" rief sie, als die Getränke serviert waren, und schaute kess in die Runde. Die Stimmung war prächtig und wurde durch die zunehmende Anzahl von Getränken immer ausgelassener. Die Erlebnisse des Tages sorgten für eine Menge Gesprächsstoff und viel Gelächter. Insbesondere das Schicksal einer korpulenten Engländerin reizte immer wieder zu Frotzeleien. Diese hatte beim Abnehmen ihrer Skier das Pech, daß sich ein Brett selbstständig machte und den leichten Abhang zur Bahnlinie hinunterglitt. Kurioserweise rutschte es auf die Schienen und blieb wie abgezirkelt links und rechts etwa zwanzig Zentimeter überstehend liegen. Von Ferne war bereits das schrille Pfeifen der Lokomotive zu vernehmen, die unglücklicherweise gerade diese Stelle zu passieren hatte. Voller Schreck machte sich die Engländerin daran, ihren Ski zu retten. Nach zwei Schritten im Abhang versank sie bis zur Hüfte mit dem rechten

Bein im tiefen Schnee. Sich mit dem linken Bein abstützend, um das rechte Bein herauszubekommen, geschah diesem das gleiche Ungemach und sie steckte fest. Beppi, der Skilehrer, fuhr mit kühnem Schwung an die Bahnlinie heran und kickte den Skier kurz vor Herannahen des Zuges von den Geleisen. Die anderen Teilnehmer des Kurses bogen sich vor Lachen und konnten sich gar nicht mehr einkriegen.

Dieses Ereignis und viele andere mehr sorgten für einen langen Abend.

"Darf ich dich zu deinem Hotel bringen?" fragte Thomas gegen Mitternacht zaghaft.

Inge lächelte spitzbübisch und flüsterte: "Nach diesem überaus anstrengenden Tag dürfte es wohl nicht allzu gefährlich sein."

"Da hast du recht", sagte er lahm und haßte zugleich seine ihm wieder bewußt werdende Verlegenheit. Was ist nur mit dir los? ärgerte er sich. Früher hattest du doch keinerlei Probleme in dieser Richtung. Reiß' dich zusammen und sauf nicht so viel!

Inge, die seine Unsicherheit sofort bemerkt hatte, kicherte: "Kleiner Scherz am Abend, erquickend und labend. Ich bin froh, daß ich nicht alleine gehen muß."

Sie verabschiedeten sich von den anderen mit großem

Hallo. Thomas trug die Skier, da Inge wiederum Schwierigkeiten mit ihren Schuhen hatte. Die Hauptstraße war noch voller Leben. Aus der Tenne, einem bekannten Kitzbüheler Tanzlokal, erklang Musik. Leichter Schneefall setzte ein.

"Wenn wir nicht so geschafft wären, könnten wir noch ein Tänzchen wagen", warf Thomas ein.

"Vielleicht ein andermal", hauchte Inge, "meine Füße halten das sicher heute nicht mehr durch."

"Ich würde mich freuen", sagte Thomas und wunderte sich, wie leicht ihm das jetzt über die Lippen kam.

"Ich auch", flüsterte Inge, und plötzlich war die Kälte von knisternder Erotik erfüllt.

Sie waren an ihrem Hotel angekommen. Sie sagte: "Bis morgen, Thomas...Schlaf gut."

Ehe er noch etwas erwidern konnte war sie verschwunden.

Kapitel 2

Karin Maurer war wütend. Die ständigen Streitereien mit ihrem Freund gingen ihr allmählich auf die Nerven.

Florian hielt sich seit längerem kaum noch in seiner Wohnung auf. Er bestand darauf, mit ihr und den beiden Kindern möglichst oft zusammen zu sein. Seine Junggesellenbude im selben Haus wollte er aufgeben. Karin war zunächst skeptisch und wollte ein eheähnliches Verhältnis noch hinausschieben. Schließlich aber gab sie nach. .

Karin, dreißig Jahre alt, temperamentvoll, mit langen brünetten Haaren, grünen Augen und einer zierlichen Figur, machte der Trubel mit den beiden Kindern nichts aus. Florian dagegen, als Junggeselle Ruhe und Egoismus gewohnt, nörgelte immer öfter an den Kindern herum, schrie mit ihnen und forderte Karin auf, die beiden häufiger zu ermahnen.

"Ich habe dir gleich gesagt, daß wir noch nicht zusammenziehen sollen", begehrte sie verärgert auf. "Es wäre für uns beide besser, wenn jeder mal für sich sein könnte."

Florian hob den Kopf und war hochrot im Gesicht.

"Willst du damit andeuten, daß ich mich in meine Wohnung zurückziehen soll?"

"Genau das!" giftete Karin. "Wenn die Kinder dich stören, mußt du die Konsequenzen ziehen."

"Die Kinder stören mich nicht; sie sollen nur ab und zu mal Ruhe geben."

"Kinder sind Kinder. Ich kann sie nicht ständig in ihrer Bewegungsfreiheit einschränken."

Karin stand auf und ging im Zimmer auf und ab. Der Streit wurde immer heftiger. Sie gab Florian deutlich zu verstehen, daß sie auf mehr Verständnis gehofft und ein eher harmonisches Zusammenleben erwartet habe. Sie warf ihm auch vor, daß er seine Zuneigung zu den Kindern offensichtlich nur vorgetäuscht habe, um sie ins Bett zu kriegen.

"Jetzt reicht es mir aber!" schrie Florian unbeherrscht. "Wenn du glaubst, vorher sei alles besser gewesen, hättest du ja bei deinem Mann bleiben können."

Karin war den Tränen nahe.

"Vielleicht habe ich einen Fehler gemacht", schluchzte sie. "Ich hatte mehr von dir erwartet."

"Erwartet!...erwartet!...", äffte er sie nach. "Von mir wird immer nur erwartet. Wie wäre es, wenn auch du mal auf meine Interessen Rücksicht nehmen würdest?"

"Das mußt gerade du sagen!" schrie sie außer sich vor Zorn. Sie zwang sich gewaltsam zur Ruhe. Nur nicht provozieren lassen. Die Kinder sind wichtiger als er. Wenn es ihm nicht mehr paßt, soll er gehen.

"Hättest du von deinem Mann auch nicht so viel erwartet und mehr Verständnis gezeigt, wäre es vielleicht anders gekommen", setzte Florian seine Attacke fort. "Du hast die Scheidung doch verursacht."

Nun war es mit ihrer Fassung vorbei. Tränen schossen ihr in die Augen und sie fühlte sich einer Ohnmacht nahe.

"Verschwinde!" sagte sie mit einem gefährlichen Unterton in der Stimme. "Verschwinde, und laß' dich hier nie wieder sehen."

Florian schaute sie überrascht an. Hatte er den Bogen überspannt?

"Das kann doch nicht dein Ernst sein. Laß' uns alles erst mal überschlafen."

"Nimm deine Sachen und verschwinde. Ich habe es nicht nötig, mir von dir meine gescheiterte Ehe vorwerfen zu lassen."

"Nun sei doch vernünftig", lenkte er ein. "Die Nerven sind halt mit mir durchgegangen."

"Ich lasse mich nicht umstimmen. Die Sache ist

gelaufen. Ich habe genug!"

Florian stand auf. "Wie du meinst. Meine Sachen hole ich später."

Er verließ die Wohnung und schlug krachend die Tür hinter sich zu.

Ich hätte mich nie mit ihm einlassen dürfen, dachte Karin. Er ist ein Egoist. Warum habe ich das nicht eher bemerkt?

Das Telefon fuhr schrill in ihre Gedanken. Sie hob ab, lauschte angespannt und erstarrte.

Kapitel 3

Nach einer Woche war der Skikurs beendet und Thomas und Inge saßen auf der Sonnenterrasse ihres Hotels. Inge schaute ihn an und fragte: "Was hältst du davon, wenn wir morgen einen Bummel durch Kufstein machen?"

"Das wäre toll!"

"Wäre dir gegen zehn Uhr recht?"

Er nickte. Sie lächelte ihn an und sah ihm tief in die Augen.

Sie hatten sich während der letzten Tage auch außerhalb des Kurses getroffen, aßen gemeinsam und besuchten verschiedene Lokale. Auch waren sie einmal zum Tanz gegangen. Sie erzählten sich viel voneinander und Thomas hatte ihr auch von seiner Scheidung und den damit zusammenhängenden Problemen berichtet. In Inge, die bisher mit keiner ihrer Beziehungen glücklich geworden war, keimte ein Hoffnungsschimmer auf, mit Thomas einen neuen, gemeinsamen Lebensabschnitt beginnen zu können.

"Bringst du mich noch nach oben, Thomas?" fragte sie unvermittelt. Er nickte. Der Fahrstuhl hielt im zweiten Stock. Inge öffnete die Tür und schaute ihn fragend an.

"Hast du noch Lust auf einen Schlaftrunk?"

Sie bemerkte sein Zögern, packte seinen Arm und schob ihn durch die Tür.

"Was willst du trinken?"

Ein weicher, zärtlicher Unterton lag in ihrer Stimme. Ich will ihn, ich will ihn! dachte sie immer wieder, und seine erneut spürbare Unsicherheit beflügelte sie.

Thomas bat um einen Schnaps und trat auf den Balkon hinaus. Er atmete tief und sog die frische Nachtluft in seine Lungen. Das Blut pochte in seinen Schläfen, sein Herz jagte. Von drinnen hörte er gedämpfte Musik. Er hatte Angst vor der augenblicklichen Situation, dem Geschehen, das sich jetzt unweigerlich anbahnte. Das Verlangen nach Alkohol verstärkte sich.

Plötzlich fühlte er zwei weiche Arme, die sich von hinten um ihn schlangen.

"Komm, Thomas", gurrte Inge, "laß' uns einen Schluck trinken."

Sie spürte, wie er sich verkrampfte und sich ihr zu entwinden suchte und schmiegte sich noch enger an ihn.

"Thomas!" flüsterte sie, "ich mag dich und bin gern mit dir zusammen. Weise mich nicht zurück, ich brauche dich."

Plötzlich war auch der Raum von jener knisternden Erotik erfüllt, die sie schon am ersten Abend auf der Straße verspürt hatten. Thomas versuchte sich dieses Gefühls zu erwehren.

"Inge!" stammelte er hilflos. "Ich glaube, ich bin noch nicht so weit. Ich mag dich auch sehr und begehre dich, doch meine Familie geht mir nicht aus dem Sinn. Was soll ich nur tun?"

Hastig schüttete er den Inhalt des vor ihm stehenden Glases hinunter. Eine wohlige Wärme durchströmte ihn und gab ihm etwas mehr Sicherheit.

"Du mußt endlich einen Schlußstrich ziehen", hörte er Inge sagen. "Deine Frau hat doch einen anderen und will nichts mehr von dir wissen. Was erhoffst du dir denn noch? Ihr seid doch geschieden und du hast niemandem mehr Rechenschaft abzulegen."

"Ich weiß es nicht, Inge. Mir ist, als wäre da eine unüberwindliche Schranke, die mein Gefühlsleben verbarrikadiert."

"Küß' mich!" hauchte sie und zog ihn auf das Bett herab. Nun konnte er sich nicht mehr beherrschen. Die lange Zeit des Alleinseins wurde ihm schmerzlich bewußt und die Sehnsucht nach etwas Zärtlichkeit übermannte ihn. Er riß sie an sich und küßte sie.

Hastig entledigten sie sich ihrer Kleidung. Als sie ihre nackten Körper aneinanderschmiegten, waren sie wie von Sinnen und ein heftiges Atmen und Stöhnen durchdrang den Raum.

Kapitel 4

Am nächsten Tag brachen sie wie vereinbart auf. Die Fahrt nach Kufstein war für beide ein Erlebnis. Sie bummelten durch die Stadt, stärkten sich in einem romantischen Kaffeehaus und spazierten anschließend an den Inn.

"Ich muß dir etwas sagen, Inge", begann Thomas unvermittelt. Sie schaute ihn verliebt an und strich sich eine Haarsträhne aus der Stirn.

"Schieß los, ich höre!"

"Ich weiß nicht, wie ich anfangen soll", sagte er zögernd. "Ich habe wegen gestern abend ein schlechtes Gewissen."

"Aber Thomas, was ist denn schon dabei gewesen. Du magst mich und ich mag dich. So einfach ist das!"

"Wenn ich auch so denken könnte, ginge es mir besser. Aber ich stelle mir immer wieder die Frage, ob ich meine Familie nicht doch vernachlässigt habe. Mein Beruf ging immer vor."

"Das ist doch vorbei, Thomas. Du mußt in die Zukunft schauen. Die Vergangenheit bringt dir nichts mehr."

"Es ist lieb von dir, mich trösten zu wollen, Inge, aber das hilft mir auch nicht weiter."

"Laß' dir Zeit, Thomas. Irgendwann kommst du darüber hinweg. Ich will dir gern dabei helfen."

Er stand auf und ging einige Schritte auf und ab.

"Wir fahren am besten zurück, Inge. Ich muß alleine sein und mir über meine Gefühle klar werden."

"Wie du meinst, Thomas", erwiderte sie enttäuscht.

"Ich will dir nicht im Wege stehen."

Die Rückfahrt durch die tiefverschneite Landschaft war märchenhaft. Das Autoradio spielte leise. Beide lauschten verträumt den melancholischen Melodien. In Inge hatte sich eine leicht depressive Stimmung breitgemacht. Sie wollte Thomas gerne helfen, wußte aber nicht, wie. Insgeheim ärgerte sie sich über ihr Drängen am vergangenen Abend. Vielleicht hatte sie damit alles nur verdorben. Ihre Hoffnungen auf einen gemeinsamen Lebensweg mit Thomas schwanden immer mehr.

"Hier ist Ö 3 mit einem Reiseruf...", unterbrach plötzlich die Stimme des Moderators die Musik. "...Herr Thomas Maurer, unterwegs mit einem blauen Mercedes mit dem amtlichen Kennzeichen WW-XX 85 im Raum Kitzbühel/Tirol, wird gebeten, sofort folgende Telefonnummer anzurufen..." Die Nummer wurde genannt.

"...ich wiederhole...", fuhr der Sprecher fort.

Thomas drehte das Radio leiser und schaute Inge entsetzt an.

"Das ist die Nummer von Karin, meiner Exfrau!" stieß er bestürzt hervor. "Ich muß sofort anrufen. Es ist sicher etwas Schreckliches geschehen." Er war leichenblaß und dicke Schweißtropfen bildeten sich auf seiner Stirn.

"Bleib ganz ruhig, Thomas!" versuchte Inge ihn zu beschwichtigen. "Wir müssen jetzt vor allem die Nerven behalten."

"Es kann doch nur etwas mit den Kindern sein", stieß er erregt hervor, "ansonsten würde meine Frau mich doch nicht suchen lassen."

Die Worte "meine Frau" sagten Inge alles und versetzten ihr einen schmerzhaften Stich.

"Da ist eine Telefonzelle!"

Er bremste den Wagen so abrupt ab, daß er ins Schleudern geriet und geradewegs auf die Telefonzelle zuschoß. Im letzten Moment konnte er ihn noch abfangen und einen Zusammenprall vermeiden.

"So beruhige dich doch, Thomas", flehte Inge erneut. "Wenn wir jetzt noch einen Unfall bauen ist niemandem geholfen."

Es dauerte lange, bis die Verbindung hergestellt war. Doch es meldete sich niemand. Enttäuscht kehrte er in den Wagen zurück.

"Wir müssen sofort ins Hotel!" schrie er aufgebracht. "Ich muß schnellstens eine Verbindung nach Hause bekommen, sonst drehe ich noch durch."

Nach kurzer Zeit erreichten sie das Hotel. Auch hier hatte man den Reiseruf gehört und wartete schon auf ihn. Er bat, eine Verbindung herzustellen und schrieb die Telefonnummer auf einen Zettel. Dann eilte er nach oben. Inge blickte ihm verwirrt nach und rief ihm zu, ob sie ihn allein lassen solle.

"Entschuldige bitte, ich wollte dich nicht einfach zurücklassen", stammelte er zerstreut. "Natürlich kommst du mit. Ich kann jetzt nicht alleine sein."

Im Zimmer angekommen schrillte das Telefon laut und vernehmlich. Beide zuckten zusammen. Mit einer hastigen Bewegung griff Thomas zum Hörer. Aus weiter Ferne, von heftigen Störungen begleitet, hörte er Karins Stimme.

"Thomas!" rief sie verzweifelt. "Anke hatte einen schweren Verkehrsunfall...und...".

"Karin!" unterbrach er sie entsetzt, "ist es schlimm, ist sie schwerverletzt? So sag' doch etwas!"

"Ich komme gerade vom Arzt. Er hat mir wenig Hoffnung gelassen." Ihre Stimme bebte, immer wieder von krampfartigem Schluchzen unterbrochen.

"Welche Verletzungen hat sie?" schrie Thomas wie von Sinnen. Er hörte Karin immer undeutlicher. Die Verbindung wurde schlechter.

"Sie hat einen...", wieder rauschte und knatterte es in der Leitung.

"Karin!" schrie er wieder, "bitte sprich etwas lauter, ich kann dich kaum noch verstehen."

"...hat einen...", erklang ihre Stimme weit entfernt, ...furchtbar, schrecklich...", nur noch Wortfetzen waren zu verstehen. Dann ein folgenschweres Wort, das deutlich an sein Ohr drang und ihn unvermittelt lähmte.

"...Schädelbasisbruch..., liegt in tiefem Koma...".

"Oh mein Gott!" stöhnte Thomas und rief: "Karin, hörst du mich, ich komme sofort nach Hause. Wenn ich gleich losfahre, bin ich in den frühen Morgenstunden bei dir."

Er erhielt keine Antwort mehr. Die Leitung war tot.

Inge kam auf ihn zu und legte ihm die Hände auf die Schultern. "Ist es schlimm?" erkundigte sie sich voller Mitgefühl. Er ließ den Kopf hängen und rieb sich verzweifelt die Augen, die voller Tränen standen.

"Sehr schlimm", antwortete er nach geraumer Zeit, "ich habe geahnt, daß etwas Schreckliches passiert ist. Es ist alles meine Schuld."

Inge schwieg. Was sollte sie jetzt noch sagen. Jedes Wort konnte falsch sein. Sie wußte, daß sie ihm nicht helfen konnte. Auch ihre Augen füllten sich mit Tränen.

"Ich muß packen, Inge. Ich werde dir schreiben."

"Natürlich, Thomas, das ist doch jetzt nicht wichtig." Sie ahnte, daß sie ihn nicht wiedersehen würde.

Nach Erledigung aller Formalitäten umarmte er sie. "Auf Wiedersehen, Inge. Es waren wunderbare Tage mit dir. Vielleicht sehen wir uns bald wieder."

"Adieu, Thomas", flüsterte sie mit tränenerstickter Stimme. "Alles Gute für dich und deine Familie."

Er winkte ihr noch einmal zu und brauste los.

Voller Schmerz und Ungewißheit blieb Inge zurück. Sie hatte sich so sehr gewünscht, mit Thomas zusammenzukommen. Wieder einmal war ein Traum nicht in Erfüllung gegangen, wie schon so oft in ihrem Leben. Mit Männern hatte sie einfach kein Glück.

Kapitel 5

Die lange Fahrt verlief ohne Hindernisse. Gegen sieben Uhr erreichte er den Stadtrand von Koblenz und fuhr direkt zu Karins Wohnung.

Sie war nach der Trennung mit den Kindern in die Stadt gezogen, während er in dem gemeinsamen Haus im Westerwald geblieben war. Er wollte gerne weiter auf dem Land leben. Für die Kinder, die beide in Koblenz zur Schule gingen, war es besser so, obwohl sie Haus und Garten und auch ihre Freunde anfänglich sehr vermißt hatten.

Karin stürzte bereits aus der Haustür, bevor er noch aussteigen konnte. Sie hatte rotgeränderte Augen und sah völlig fertig aus.

"Ich bin froh, daß du da bist, Thomas!" rief sie schluchzend und ließ sich neben ihm auf den Sitz fallen. "Ich habe solche Angst um Anke. Alleine schaffe ich es nicht."

"Mir geht es nicht anders. Ich weiß nicht, wie ich die lange Fahrt hinter mich gebracht habe. Keine Sekunde ging mir Anke aus dem Kopf. Fahren wir gleich in die Klinik?"

"Möchtest du nicht erst eine Kleinigkeit essen?"

"Ich würde jetzt keinen Bissen runterkriegen. Erst muß ich wissen, wie Anke die Nacht verbracht hat."

Karin ging in die Wohnung zurück, um ihren Mantel zu holen. Thomas wartete im Wagen. Er machte sich Sorgen. Die zermürbende Ungewißheit, die er während der ganzen Fahrt verspürt hatte, quälte ihn weiter.

"Anke hat eine ruhige Nacht verbracht", sagte der behandelnde Arzt sofort, bevor er ihnen die Hand schüttelte. Er war Mitte vierzig, groß und schlank, und Thomas hatte sofort Vertrauen zu ihm. Die Spezialisten für Kopfverletzungen im Städtischen Krankenhaus "Kemperhof" hatten einen guten Ruf.

"Allerdings kann ich Ihnen keine großen Hoffnungen machen", fuhr er fort. "Es kann lange dauern, bis sie aus dem Koma erwacht."

"Bitte informieren Sie uns sofort über jede Veränderung im Befinden, Herr Doktor", sagte Thomas besorgt. Sie verabschiedeten sich. Anke sehen durften sie heute noch nicht.

Die nächsten Tage waren eine schwere Prüfung für beide. Täglich trafen sie sich und besuchten ihre Tochter im Krankenhaus. Sie lag weiterhin im Koma und eine Besserung war nicht in Sicht. Thomas fühlte sich sehr einsam in dem großen Haus und ging nach den Krankenbesuchen oft mit in Karins Wohnung. Seine Unterstützung und Besorgnis taten ihr gut. An Florian verschwendete sie keinen Gedanken mehr.

"Ich muß dir etwas sagen, Thomas", begann sie eines abends, nachdem sie sich bei einem Glas Rotwein gegenübersaßen. "Es fällt mir nicht leicht, darüber zu reden, aber ich glaube, daß ich damals einen großen Fehler gemacht habe."

Thomas schaute verdutzt auf, trank einen Schluck Wein und sagte: "Ach ja? Aber lassen wir uns mit der Vergangenheitsbewältigung noch etwas Zeit. Wichtig ist jetzt nur, daß Anke wieder ganz gesund wird. An etwas anderes dürfen wir gar nicht denken."

"Du hast ja recht", erwiderte sie und prostete ihm zu.

„Sei mir nicht böse, Karin", sagte er unvermittelt und stand auf. "Ich fahre am besten jetzt nach Hause. Ich bin hundemüde."

"Das verstehe ich. Kommst du morgen wieder?"

"Aber natürlich, ich hole dich ab."

Auf der Fahrt ging ihm Karins Bemerkung nicht aus dem Kopf. Obwohl sie einerseits gut tat und ihm damit etwas von seinem schlechten Gewissen genommen wurde, konnte er sich doch nicht mit dem Gedanken abfinden, jetzt alles vergessen zu sollen. Dafür waren die vergangenen Monate mit Streit und Vorwürfen schier unerträglich gewesen. Er brauchte Zeit, all das zu verarbeiten. Das Schicksal von Anke durfte jetzt keine falschen Hoffnungen wecken, die sich am Ende als Trugschluß erweisen konnten. Er fand in dieser Nacht keine Ruhe und wälzte sich im Bett hin und her. Nach zwei Stunden stand er auf und schluckte eine Schlaftablette.

In den frühen Morgenstunden fühlte er sich wie gerädert. Trotz des Schlafmittels quälten ihn wirre Träume, aus denen er jedesmal schweißgebadet aufschreckte. Aus der Tiefe schwemmten Gedanken in sein Bewußtsein, die er gerne dort gelassen hätte. Was soll aus Anke werden? Wird sie bleibende Schäden zurückbehalten, falls sie überhaupt mit dem Leben davonkommt?

Mühsam stand er auf und schaute auf die Uhr. Erst sechs. Er hatte noch nicht mal fünf Stunden geschlafen.

Inge fiel ihm ein. Was sie wohl machte? Noch immer hatte er sie nicht angerufen. Die schönen Stunden im Urlaub versuchte er zu verdrängen. Doch immer wieder durchströmte ihn eine Welle der Zuneigung, wenn er an die Nacht mit Inge dachte. Noch konnte er sich aber nicht entschließen, Kontakt mit ihr aufzunehmen. Bevor nicht die vor ihm liegenden Probleme halbwegs gelöst waren, wollte er sich nicht noch mehr aufbürden, zumal Karin sich Hoffnungen zu machen schien, von deren Erfüllung er jedoch weit entfernt war. Sein Gefühlsleben war völlig durcheinander. Karins Äußerung vom Vorabend fiel ihm wieder ein. Was hatte sie wohl damit gemeint, einen großen Fehler gemacht zu haben? Hätte sie vielleicht auch etwas verständnisvoller sein müssen? War etwa doch nicht alles seine Schuld?

Seinen Sohn hatte er noch nicht mal gesehen. Karin hatte ihn nach Ankes Unfall bei ihren Eltern untergebracht. Beide waren noch rüstig und brachten Jörg jeden Morgen zur Schule. Das ihm vorläufig zugesprochene Besuchsrecht hatte Thomas in den letzten Wochen auch stark vernachlässigt, weil er immer wieder beruflich eingebunden war und häufig auch an den Wochenenden Überstunden machen mußte. Jedes zweite Wochenende, von Samstagmittag bis Sonntagabend, durfte er die Kinder zu sich holen. Sie hingen sehr an ihm und waren enttäuscht, wenn wieder ein Treffen nicht zustande kam. Er nahm sich vor, mit seinem Chef zu sprechen und seine Arbeitszeiten günstiger legen zu lassen. Er verfluchte zum Wer-weiß-wievielten-Male den heutigen Arbeitsstreß, zumal er diesem immer noch die Schuld am Scheitern seiner Ehe gab. Aber die offensichtlich späte Einsicht Karins minderte diesen Druck.

Nach einer heiß-kalten Dusche war ihm wohler. Er setzte Kaffee auf, rauchte eine Zigarette und schüttete anschließend drei Tassen in sich hinein. Essen konnte er zu dieser frühen Stunde noch nichts. Er zog sich an und beschloß, den Vormittag bis zu seinem Besuch im Krankenhaus mit einer kleinen Spazierfahrt zu verbringen. Er mußte auf andere Gedanken kommen, etwas anderes sehen. Er fuhr in die Stadt und schlug unbewußt den Weg in Richtung Mosel ein.

Kapitel 6

Währenddessen rangen die Ärzte im Kemperhof um Ankes Leben. Zu dem Schädelbruch hatten sie noch eine schwere Gehirnquetschung diagnostiziert. Der gebrochene Schädelknochen drückte zunehmend auf das Gehirn und löste enormen Druck aus, der auch die Sehfähigkeit beinträchtigen konnte. Eine Operation war unumgänglich. Wichtig war zunächst, den einge-drückten Schädelknochen anzuheben und so etwas Luft zu schaffen.

Ankes Zustand verschlechterte sich zusehends. Wenn nicht unverzüglich etwas geschah, würde sie die nächsten Stunden nicht überleben.

Der Chefchirurg beriet sich weiter mit seinem Oberarzt und wies seinen Assistenten an, sofort Ankes Eltern zu benachrichtigen, um deren Zustimmung für den Eingriff einzuholen.

Karin nahm den Anruf entgegen und versuchte anschließend Thomas zu erreichen. Dieser meldete sich jedoch nicht. Völlig aufgelöst eilte sie zum Krankenhaus und wurde von dem Chirurgenteam, das sich bereits für die Operation vorbereitet hatte, empfangen.

Sie wurde über den Ernst der Lage unterrichtet und auf die Risiken hingewiesen, die bei einer weiteren Verzögerung unweigerlich eintreten würden. Daß der Erfolg des Eingriffs ungewiß sei, wurde ihr ebenfalls nicht verschwiegen.

Ratlos schaute sie in die Runde und kam sich völlig hilflos vor.

"Ohne Zustimmung meines Mannes kann ich keine Entscheidung treffen", sagte sie schwach und Tränen traten ihr in die Augen.

"Wir können aber nicht mehr warten", entgegnete der Chefarzt konsequent. "Jede Minute ist kostbar."

"Kann ich meine Tochter vorher noch einmal sehen", versuchte sie das Unweigerliche hinauszuzögern. Der Chefarzt nickte und schob ihr ein vorbereitetes Papier unter, das sie mit nassen Augen durchzulesen versuchte. Ich muß unterschreiben, wenn Anke noch eine Chance haben soll, dachte sie. Schließlich habe ich ja das Sorgerecht. Thomas kann mir daher keinen Vorwurf machen. Gerne hätte ich ihn in die Entscheidung mit einbezogen. Wo steckt er überhaupt?

Sie unterschrieb und erhob sich schwankend. Vor der Intensivstation wurden ihr ein grüner Kittel, Kopf- und

Mundschutz gereicht. Dann betrat sie den Raum, in dem eine düstere, unheimliche Atmosphäre herrschte. Gespenstisches Licht, flimmernde Monitore und elektrische Geräte bildeten das Ambiente, dazwischen die zierliche Gestalt von Anke in einem großen Bett. Ihr kleines Gesicht war wegen des riesigen Kopfverbandes kaum zu sehen, aus ihrer Nase ragten zwei Schläuche und in ihrer Vene steckte die Nadel des Tropfes, der Tröpfchen für Tröpfchen eine glasklare Flüssigkeit in ihren Kreislaus pumpte.

"Mein armer Liebling", flüsterte sie und nahm Ankes Hand, die schlaff und wächsern auf der weißen Bettdecke lag. Sie fühlte sich kalt und steif an und Karin erschrak. Ihr Herz schmerzte vor Kummer. "Halte durch, es wird alles wieder gut", fuhr sie fort und streichelte dabei Ankes Wange. Sie regte sich nicht. Alles Leben schien von ihr gewichen zu sein. Karin spürte keinerlei Reaktion, so sehr sie auch darauf wartete. Immer wieder sprach sie auf ihre Tochter ein, in der Hoffnung, wenigstens ein kleines Lebenszeichen zu erhalten. Doch vergebens. Nach zehn Minuten wurde sie von der Schwester gebeten, zu gehen, da die Ärzte mit der Operation beginnen wollten. Sie warf noch einen letzten Blick auf Anke und verließ schluchzend den Raum.

Sie setzte sich auf eine Bank vor den OP-Bereich und sah kurze Zeit später, wie Anke von zwei Pflegern an ihr vorübergeschoben wurde.

Kapitel 7

Etwa zur gleichen Zeit fuhr Thomas durch das Moseltal und hing seinen Gedanken nach. Er hatte gerade Alken passiert und beschloß, seinen Ausflug bis in die Umgebung von Cochem auszudehnen. Es war noch früh am Tag und den Besuch im Krankenhaus wollten sie erst wie üblich am späten Nachmittag machen. Er hoffte, daß sich Ankes Zustand gegenüber gestern nicht verschlechtert hatte.

Von den dramatischen Ereignissen und der kurz bevorstehenden Operation ahnte er nichts.

Ein herrlicher Tag hatte begonnen und die Frühjahrssonne spiegelte sich in dem romantischen Flußlauf. Nach einiger Zeit hatte er Cochem erreicht. Die Reichsburg mit ihren malerischen Türmen überragte die Stadt und ein Heer von Touristen machte sich daran, ihre Zinnen zu erstürmen. Er fuhr über die Brücke und schlug den Weg nach Beilstein ein. In diesem wunderschönen Örtchen, an einer der schönsten Moselschleifen gelegen, auch Dornröschen der Mosel genannt, hatte er früher oft mit seiner Familie Rast gemacht, wenn sie wieder mal auf Moseltour waren.

Er stellte den Wagen auf dem Parkplatz am Ortseingang ab und schlenderte zur Dorfmitte. Hier überquerte er den pittoresken Markt mit dem ehemaligen Zehnthaus. Vorbei an der früheren Pfarrkirche St. Christopherus stieg er die Klostertreppe zum Karmeliterkloster hinauf. Die barocke Klosterkirche beherbergt als Kleinod die Schwarze Madonna.

Thomas betrat die Kirche und setzte sich in die letzte Bank. Die Stille tat ihm gut und ließ für einen Augenblick alle Sorgen und Nöte von ihm abfallen. Obwohl kein großer Kirchgänger, hatte er doch seinen Glauben, den er im ureigensten Sinne praktizierte. Er betete für seine Tochter und flehte, daß sie mit dem Leben davonkommen möge. Bei allen nachfolgenden Problemen wollte er ihr jederzeit zur Seite stehen.

Nach einer halben Stunde meditativen Gebetes trat er wieder in die gleißende Helligkeit hinaus und stieg weiter zur Burgruine Metternich hinauf. Von hier aus eröffnete sich ihm ein herrlicher Blick in das Moseltal. Nach einer kleinen Erfrischung, die er sich nach dem langen Spaziergang gönnte, ging er zum Auto zurück. Irgendwo unterwegs zwischen Cochem und Koblenz wollte er eine Kleinigkeit zu Mittag essen. Dann wurde es Zeit, mit Karin zusammen in die Klinik zu fahren.

Als er zur verabredeten Zeit vor Karins Wohnungstür stand und nach mehrmaligem Klingeln keinen Einlaß fand, wurde er unruhig. Was hatte das zu bedeuten? Alle Besuche in den letzten Tagen waren reibungslos verlaufen und waren das Wichtigste überhaupt. Wenn Karin jetzt nicht zu Hause war, hätte sie ihn doch informieren müssen. Doch halt, er war ja nicht erreichbar. Hatte sie vielleicht eine Nachricht auf seinem Anrufbeantworter hinterlassen? Aber jetzt nach Hause zu fahren hielt er für vergeudete Zeit. Er beschloß, unverzüglich zum Kemperhof zu fahren. Wenn etwas mit Anke war, würde er dort Gewißheit erhalten. Plötzlich brach ihm Schweiß aus. Eine unerklärliche Unruhe erfaßte ihn und preßte seinen Fuß auf das Gaspedal. Mit quietschenden Reifen schoß sein Wagen auf den Parkplatz des Krankenhauses. Einige Besucher schauten ihm nach und gingen kopfschüttelnd weiter. Er hastete atemlos durch die Empfangshalle und preschte ohne nach links und rechts zu sehen in den ersten Stock. Vor Ankes Zimmer machte er abrupt Halt und versuchte, etwas zu Atem zu kommen. Dann ging er hinein und sah, daß

Ankes Bett leer war. Heißer Schmerz durchfuhr ihn und ließ ihn keinen klaren Gedanken mehr fassen. Glücklicherweise hatte ihn die Stationsschwester gesehen und war ihm gefolgt. Jetzt legte sie eine Hand auf seine Schulter und versuchte ihn zu besänftigen.

"Wo ist Anke!" schrie er wie von Sinnen. "Was ist mit ihr! So reden Sie doch!" Er faßte die Schwester an der Schulter und schüttelte sie. Mit einem energischen Ruck riß sie sich los und trat zwei Schritte zurück.

"So nehmen Sie doch Vernunft an, Herr Maurer, ich will Ihnen alles erklären."

"So reden Sie schon. Wo ist Anke?"

"Anke wird im Augenblick operiert. Es haben sich im Laufe der Nacht Komplikationen ergeben, die keinen Aufschub mehr duldeten. Ihre Frau hat versucht, Sie zu erreichen, aber Sie waren nicht zu Hause."

"Wo ist meine Frau! Ich möchte mit ihr sprechen."

"Bitte folgen Sie mir."

Mit energischen Schritten ging die Schwester voran und Thomas folgte ihr mit hängendem Kopf.

Vor dem Eingang zu den Operationssälen machte sie halt und trat zur Seite. Dann sah Thomas Karin wie ein Häufchen Elend auf der Bank sitzen und gequält zu ihm aufschauen. Als sie ihn erkannte schien die

Anspannung etwas von ihr abzufallen. Sie sprang auf und lief mit Tränen in den Augen auf ihn zu.

"Thomas, wie froh bin ich, daß du endlich da bist. Anke mußte dringend operiert werden, wenn sie noch eine Chance haben soll. Gerne hätte ich dich dabeigehabt. Aber die Ärzte ließen mir keine Zeit. Wo warst du?"

"Ich bin etwas umhergefahren, um auf andere Gedanken zu kommen. Wie hätte ich ahnen sollen, daß es Anke auf einmal so schlecht geht."

"Die Ärzte haben mir nicht viel Hoffnung gelassen, wenn der Eingriff nicht sofort vorgenommen würde. Ich mußte zustimmen."

"Hätten wir nicht vielleicht noch einen anderen Spezialisten konsultieren müssen?" wandte Thomas ein. "Vielleicht wäre eine andere Meinung nicht schlecht gewesen."

"Aber Thomas, was wollen wir denn gegen den ärztlichen Rat tun. Wichtig ist, daß Anke schnell geholfen wird. Ihr Zustand ist nach Aussage der Ärzte ohnehin kritisch."

Unvermittelt flog die Schwingtür hinter ihnen auf und der Chefchirurg kam mit blassem Gesicht auf sie zu.

"Wie ist es gegangen?" schrie Karin mit erstickter

Stimme und eilte mit schnellen Schritten auf ihn zu.

"So sagen Sie doch etwas, Herr Doktor. Wie geht es ihr?"

"Ihre Tochter hat die Operation den Umständen entsprechend gut überstanden. Jetzt heißt es nur noch warten. Ich kann Sie nur bitten, auf die ärztliche Kunst zu vertrauen und sich zu beruhigen. Ihre Tochter braucht Sie, wenn sie aus dem Koma erwacht. Sie müssen Ihre Kräfte schonen."

"Wird Sie denn durchkommen, Herr Professor" schaltete sich Thomas ein, und fuhr sich nervös mit den Händen durch die Haare.

"Schwer zu sagen", antwortete der Professor. "Wenn keine postoperativen Komplikationen eintreten, müssen wir alle Hoffnung darauf legen, daß sie aus dem Koma erwacht. Dann werden wir weitersehen. Mehr kann ich im Augenblick auch nicht sagen."

"Gott steh' ihr bei!" rief Karin laut und schlug die Hände vors Gesicht. Sie zitterte plötzlich so sehr, daß Thomas den Arm um sie legte und zu stützen versuchte. Der Professor wies die Schwester an, ihr ein Beruhigungsmittel zu verabreichen.

"Am besten ist es", schlug er vor, "wenn Sie jetzt nach Hause fahren und sich etwas ausruhen. Sie können ohnehin nichts mehr tun. Sollte eine Veränderung eintreten, werden wir Sie sofort benachrichtigen."

"Wie können wir jetzt nach Hause fahren, Herr Professor", sagte Thomas erregt. "Wir möchten hierbleiben und die weitere Entwicklung abwarten."

"Wie Sie wollen", sagte der Arzt, "aber es kann lange dauern, bis ihre Tochter aufwacht. Ich halte es für besser, wenn Sie sich nicht quälen und zunächst in den Alltag zurückkehren."

Thomas sah zu Karin hinüber und bemerkte deren völlige Erschöpfung.

"Ich denke, es ist doch besser, wenn du dich etwas ausruhst", lenkte er ein. "Du kannst dich ja kaum noch auf den Beinen halten."

"Nur, wenn du mitkommst. Ich kann im Moment nicht gut alleine sein."

"Na schön, ich werde bei dir bleiben, bis du dich etwas erholt hast."

Er reichte ihr den Arm und sie hakte sich bei ihm ein. Nach zehn Minuten waren sie in Karins Wohnung angelangt.

"Was ist eigentlich mit Jörg?" sagte Thomas nach einiger Zeit. "Willst du ihn nicht mal nach Hause holen?"

"Ich weiß nicht, ich fühle mich im Moment zu erschöpft, um mich ausreichend um ihn kümmern zu können. Bei meinen Eltern hat er es doch gut."

"Dann werde ich ihn vorübergehend zu mir nehmen", schlug Thomas vor, "noch habe ich ja ein paar Tage Urlaub."

"Das ist eine gute Idee. Da wird er sich sicher freuen."

Karin verschwand in der Küche und setzte eine Kanne Kaffee auf. Gierig verschlangen sie den Muntermacher und versuchten etwas zur Ruhe zu kommen.

"Ich werde meine Eltern gleich anrufen", sagte Karin nach einiger Zeit des Schweigens. "Dann kannst du Jörg auf dem Nachhauseweg dort abholen. Allerdings mußt du ihn morgen zur Schule bringen, wenn es dir nichts ausmacht. Oder er muß den Bus nehmen."

"Keine Sorge, Karin, ich werde mich um alles kümmern."

Karin hatte das Telefon fast erreicht, als es unvermittelt anschlug. Wie erstarrt blieb sie stehen und schaute Thomas betroffen an.

"Nimm schon ab, Karin, vielleicht sind es ja deine Eltern."

Es waren nicht ihre Eltern, sondern die Stations-schwester des Krankenhauses. Sie meldete sich mit besorgter Stimme und teilte mit, daß Ankes Zustand sich rapide verschlechtert habe und es vielleicht besser sei, wenn sie doch zum Krankenhaus kommen würden.

"Oh, mein Gott!" stöhnte Karin und Thomas erstarrte. "Was ist passiert?" rief er und stürzte auf Karin zu. Sie teilte ihm kurz, immer wieder von Schluchzen unterbrochen, die niederschmetternde Nachricht der Krankenschwester mit. Ohne zu überlegen rannte Thomas zur Tür und hastete hinaus. Karin folgte ihm auf den Fersen und wie von Sinnen rasten sie in Richtung Kemperhof.

Ein dumpfes Gefühl hatte beide beschlichen, eine Vorahnung des Schreckens, der sie bald ereilen sollte. Wie mochte alles weitergehen, wenn Anke sterben würde? Wie sollten sie diesen unsagbar schweren Schicksalsschlag verkraften?

Der Stationsflur war dumpf und leer. Alles wirkte so, als sei jegliches Leben erloschen, als wolle niemand die schreckliche Wahrheit aussprechen, niemand ihnen unter die Augen treten.

Plötzlich tauchte die Stationsschwester aus dem Nirgendwo auf und trat auf sie zu. Bevor sie die alles entscheidende Frage stellen konnten, wurden sie gebeten, ins Büro des Professors zu kommen. Wie paralysiert betraten sie das Zimmer des Chefarztes und sahen an dessen undurchdringlicher Miene, daß ihnen eine schlimme Nachricht bevorstand.

"Es tut mir sehr leid", begann dieser, und reichte ihnen die Hand. "Sie müssen jetzt sehr stark sein. Ihre Tochter ist vor wenigen Minuten verstorben. Wir haben sie nicht retten können. Die Verletzungen waren zu schwer."

Ein Schrei entrang sich ihren Kehlen und Thomas fing Karin im letzten Augenblick auf, bevor sie ohnmächtig zu Boden fallen konnte. Der Chefarzt gab der Stationsschwester kurze Anweisungen und sie injizierte Karin ein kreislaufstärkendes Mittel.

Thomas hatte sich wie ein Tier in die Ecke verkrochen und stierte vor sich hin. Die Welt versank um ihn. Nur die schreckliche Wahrheit beherrschte seine Gedanken und ließ ihn nicht mehr los. Das war das Ende. Vielleicht hatten sie das Schicksal herausgefordert. Es war alles ihre Schuld. Nie hätten sie sich scheiden lassen dürfen. Was hatten sie den Kindern angetan? Tausend Fragen quälten Thomas. Doch er fand keine Antworten.

Mühsam erhob er sich und nahm Karin in den Arm.

Mit letzter Kraft verließen sie das Krankenhaus und fuhren zu Karins Wohnung.

Kapitel 8

Thomas schottete sich von der Außenwelt völlig ab. Nach dem schrecklichen Schicksalsschlag hatten er und Karin unter Aufbietung der letzten Reserven alle Formalitäten erledigt und Anke im engsten Familienkreis beigesetzt.

Mittlerweile waren drei Wochen vergangen, doch die dumpfe Paralyse ließ nicht nach.

Thomas war völlig verzweifelt. Gepeinigt von Selbstvorwürfen und Aggressionen gegen Karin, der er letztendlich die Schuld an Ankes Tod gab, betrank er sich ständig und versuchte, dadurch mit seinem Schmerz fertig zu werden.

Nach einem heftigen Streit mit Karin vor einer Woche, als er Jörg zum Besuchswochenende abholen wollte, hatten sie sich nicht mehr gesehen. Sie hatte ihm wegen seines Alkoholkonsums heftige Vorwürfe gemacht und ihm als Konsequenz das Wochenende mit Jörg verweigert.

"Du solltest dich endlich zusammenreißen. Deine Sauferei bringt Anke auch nicht zurück!" erinnerte er sich an ihren Ausbruch. "Schämst du dich nicht vor dem Jungen? Auch er muß mit allem fertig werden.

Willst du ihm noch mehr Probleme machen?"

"Wenn Jörg bei mir ist, trinke ich keinen Tropfen", hatte er hilflos erwidert.

"Das kannst du mir nicht weismachen", giftete Karin weiter. "Ich rieche doch deine Fahne. Willst du so mit dem Jungen zurückfahren? Jörg bleibt vorerst hier!"

Der kalte Krieg zwischen ihnen war neu entbrannt. Gegenseitige Vorwürfe wie zu Ehezeiten brachen wieder durch. Auch Karin hatte ihre anfänglich angedeutete Einsicht offensichtlich revidiert und gab Thomas im Gegenzug weiterhin die Schuld am Scheitern ihrer Ehe.

Jeder verkroch sich in ein Mauseloch und leckte die Wunden.

Thomas wollte es keinesfalls hinnehmen, daß er Jörg nicht mehr sehen durfte, zumal über die Beschwerde gegen den Sorgerechtsübertragungsbeschluß noch nicht entschieden war. Seinem Gegenantrag auf Übertragung des Sorgerechts auf ihn war vom Familiengericht nicht entsprochen worden, weil das Kindeswohl bei Karin nach Ansicht des Gerichts besser gewahrt war, da auch ihre Eltern in der Nähe wohnten und sich, wenn Karin ihrer Halbtagstätigkeit nachging, um die Kinder kümmern konnten. Gegen diesen Beschluß hatte er Beschwerde eingelegt, über die das zuständige Oberlandesgericht in Koblenz zu entscheiden hatte.

Er nahm Rücksprache mit seinem Anwalt, schilderte die augenblickliche Situation und fragte anschließend, wann mit einer endgültigen Regelung zu rechnen sei. Sein Prozeßbevollmächtigter versprach, unverzüglich die zuständige Abteilung beim Beschwerdegericht an eine alsbaldige Entscheidung zu erinnern.

Gesternvormittag lag dann die Vorladung zum Anhörungstermin, der für Montag nächster Woche anberaumt worden war, im Briefkasten.

Karin hatte sich nochmals gemeldet, nachdem auch ihr die Ladung zugestellt worden war. Sie war noch immer nicht bereit, das Besuchsrecht zu gewähren, solange er weiter, wie sie sich ausdrückte, dem Suff ergeben war. Sie werde mit allen Mitteln um Jörg kämpfen, hatte sie abschließend festgestellt. Purer Haß war ihren Äußerungen zu entnehmen und Thomas polterte entsprechend zurück. Der Alkohol hatte seine ansonsten klare Denkweise völlig vernebelt.

"Wir sehen uns vor Gericht", hatte er unbeherrscht in den Hörer gebrüllt und Karin konterte: "Du wirst noch dein blaues Wunder erleben!" Dann hatte sie mit lautem Knall aufgelegt. An all das erinnerte er sich jetzt und sein Zorn flackerte erneut auf. Er hatte bereits mehrere Schnäpse getrunken und stand auf, um sich ein neues Glas zu genehmigen. Wütend fegte er die vor ihm liegenden Zeitungen vom Tisch und schaffte Platz für eine weitere leere Flasche, die sich zu den übrigen, wahllos herumstehenden, gesellte.

Wie soll alles weitergehen? fragte er sich. Hast du die Kraft, das alles zu überstehen? Der Alkohol entfaltete seine Wirkung und er fiel kurze Zeit später in einen unruhigen Schlaf.

Kapitel 9

Der 3. Familiensenat des Koblenzer Oberlandesgerichts hatte beschlossen, vor einer Entscheidung über die Beschwerde eine mündliche Anhörung vorzunehmen.

Die Vorsitzende Richterin, Dr. jur. Helga Wendlandt, wollte den Termin persönlich leiten. Sie war eine attraktive Frau in den Fünfzigern. Ihre schlanke Figur wurde durch ein maßgeschneidertes graues Kostüm betont. Die dazu passenden weinroten Schuhe hatten einen hohen Absatz und ließen sie größer erscheinen als sie in Wirklichkeit war. Ihre sorgfältig manikürten und dezent lackierten Fingernägel gaben ihrer ganzen Erscheinung einen Hauch von gediegener Eleganz, der durch die sorgfältig frisierten grauen Haare noch verstärkt wurde. Den Vorsitz im Senat hatte sie durch ihre allseits bekannte einfühlsame und nicht immer formaljuristische Art der Sachbehandlung erlangt. Neben ihrem Jurastudium hatte sie mehrere Fachkurse in Psychologie belegt. Gerade in Familiensachen, in denen es unter anderem hauptsächlich um das Wohl gemeinschaftlicher Kinder geht, war eine solch fachliche Kompetenz unerläßlich. Insbesondere hielt es die Richterin in den meisten Fällen für geboten, die Kinder noch einmal persönlich anzuhören, obwohl ihr die damit verbundene erneute Belastung für alle Beteiligten allzu bewußt war. Sie war jedoch der Meinung, erst danach eine für alle akzeptable Entscheidung treffen zu können.

Seit vielen Jahren waren ihr unzählige Verfahren untergekommen, die ihr oft schlaflose Nächte bereitet hatten. Dann grübelte sie stundenlang und wog das Für und Wider immer wieder gegeneinander ab. Wichtig war allein die Frage, wie man Kinder vor seelischen Schäden nach der Trennung der Eltern bewahren konnte.

Sie trat ans Fenster und schaute auf den Rhein, der in unmittelbarer Nähe ganz gemächlich dahinfloß. Die gegenüberliegende Festung Ehrenbreitstein erstrahlte im Glanz der Frühlingssonne. Viele Ausflugsdampfer pflügten das Wasser, vollbesetzt mit nach außen hin unbeschwert und fröhlich wirkenden Ausflüglern und Touristen, die winkend und lachend an der Reling standen.

Was mag wohl alles an Einzelschicksalen auf nur einem einzigen Dampfer versammelt sein? sinnierte sie vor sich hin. Haben nicht all diejenigen auch unbeschwerte Zeiten erlebt, bevor sie als Fall auf meinem Schreibtisch landeten?

Sie ging zurück und schlug die vor ihr liegende Akte auf. Familiensache "Maurer gegen Maurer". Sie vertiefte sich noch einmal in die Schriftsätze, denn in etwa einer Stunde sollte der Anhörungstermin beginnen.

Unerbittlich tickte die alte Uhr hoch an der Wand des riesigen Gerichtsflurs. Jörg saß stumm auf einer Holzbank und hatte Mühe, seine innere Erregung zu verbergen. Ein Blick zur Mutter, die ihm zulächelte, machte ihm Mut. Ein paar Schritte weiter stand der Vater bei einem Mann in einem weiten schwarzen Umhang, der von vielen Leuten auf dem Flur getragen wurde.

Wieder machte die Uhr ein schnarrendes Geräusch. Erschrocken schaute er nach oben und ihm wurde zusehends unbehaglicher zumute. Um zehn Uhr, hatte die Mutter gesagt, solle er von einer Richterin gefragt werden, ob er lieber beim Vater oder bei der Mutter leben wolle und wen er am liebsten habe. War das überhaupt eine Frage? Er hatte doch beide lieb. Warum sollte er das jetzt wieder dieser Frau erzählen?

Das war er doch alles schon mal von einem Mann gefragt worden, der gar nicht so freundlich zu ihm war. Was waren das eigentlich für Leute, diese Richter? Er wollte mit niemandem mehr darüber reden, was in ihm vorging. Er fuhr sich mit der Hand über die Augen, als wolle er die schemenhaft auftauchenden Bilder verbannen, die sich unauslöschlich in sein Gehirn gebrannt hatte. Bilder aus vergangenen Tagen, an denen Vater und Mutter nicht mehr einträchtig beieinander saßen und sich an den Händen hielten, sondern miteinander stritten und sich schlimme Sachen sagten. Wie oft hatte er sich vor Angst in die Kissen gewühlt, wenn er die lauten Stimmen nebenan hörte. Anke, die bei ihm im Zimmer schlief, tröstete ihn jedesmal und nahm ihn in den Arm. Er bemerkte, daß auch sie unglücklich war und dies vor ihm zu verbergen suchte. Danach konnte er die Tränen nicht mehr zurückhalten und Hilflosigkeit und Trauer krochen unter die Bettdecke. Jetzt hatte er nicht mal mehr Anke und der Schmerz über den Verlust seiner Schwester wurde übermächtig.

Er verscheuchte schnell die trüben Gedanken und konzentrierte sich auf seine Umgebung. Doch plötzlich erinnerte er sich an die Nachmittage, an denen er bei Oma und Opa im Garten umhertollen durfte und sich dabei glücklich und geborgen fühlte, insbesondere dann, wenn er Omas volles weißes Haar zerwühlen konnte und sie dann im Spaß mit ihm schimpfte. All diese Dinge rasten wie im Zeitraffer durch seinen kleinen Kopf und er spürte kaum, wie er am Arm gepackt und von der harten Bank gezogen wurde.

"Komm, Jörg!" drang die Stimme der Mutter wie aus weiter Ferne an sein Ohr, und eine plötzlich auftretende Furcht erfüllte ihn. Die breite Tür wurde geöffnet und er spürte einen schwachen Luftzug, als er, sich heftig sträubend, hindurchgeschoben wurde. Ein großer Saal gähnte ihm entgegen. Er sah einen breiten, querstehenden Tisch, dahinter fünf Stühle, von denen der mittlere etwas höher als die anderen herausragte. Hoch oben an der Wand prangte ein mächtiges Holzkreuz. Darunter, auf dem großen Stuhl in der Mitte, nahm eine ältere grauhaarige Frau Platz und schaute ihn freundlich an.

"Weißt du, Jörg", begann sie unvermittelt, und er wunderte sich, daß sie seinen Namen kannte, "ich möchte ein bißchen mit dir plaudern und dafür ist dieser Raum viel zu groß".

Jörg ließ den Blick umherschweifen und er kam sich zusehends einsamer und hilfloser in dem großen Saal vor. Die Frau strich sich eine weiße Haarsträhne aus der Stirn und fuhr fort: "Laß' uns in mein Zimmer gehen; da ist es viel gemütlicher. Du brauchst aber keine Angst zu haben, denn deine Mama und all die Leute bleiben hier, bis wir zurückkommen."

Sie wandte sich an die anwesenden Beteiligten und erklärte, daß sie mit dem Kind eine persönliche Unterredung vornehmen wolle. Ohne eine Antwort abzuwarten stand sie auf und kam auf ihn zu. Einem plötzlichen Impuls folgend schmiegte er sich fest an seine Mutter und fing an zu weinen.

"Ich will nicht mit der Frau reden...", schluchzte er, "...ich weiß nicht, was ich noch sagen soll, ...ich kann nicht!"

Die Mutter nahm ihn in den Arm und die Frau im schwarzen Umhang, die gar nicht so unfreundlich wirkte, strich ihm übers Haar.

"Du mußt es ja nicht, wenn du nicht willst", sagte sie und nahm ihn bei der Hand. "Aber vielleicht kannst du mir etwas von zu Hause erzählen, von deinem Zimmer und deinen Spielkameraden".

Sie hielt inne und suchte nach einem Taschentuch. Als

sie ihm die Tränen abwischte, hatte er plötzlich Zutrauen zu der fremden Frau. Zögernd folgte er ihr in ihr Zimmer und wunderte sich, wie behaglich ihm zumute wurde. Die weißhaarige Frau, die gar nicht mehr so bedrohlich wirkte, sobald sie den schwarzen Umhang ausgezogen hatte, vermittelte ihm plötzlich eine wohlbekannte Vertrautheit. Kurz zuvor hatte die Mutter ihm noch zugeflüstert, daß er das gleiche sagen solle wie damals bei dem anderen Richter. Jetzt wurde er mutiger und beruhigte sich etwas.

"So, Jörg!" begann die Frau und setzte sich ihm gegenüber. "Jetzt erzähl mir mal, was du tagsüber so alles machst und was dir daran besonders gefällt?"

Wieder nahm sie seine Hand und ließ sie nicht mehr los. Von einer spontanen Mitteilsamkeit erfüllt erzählte er von der Schule, die er im zweiten Jahr besuchte, von seinen Freunden und schließlich von seinen Kuscheltieren, die alle in seinem Bett schlafen durften. Er vergaß auch nicht zu erwähnen, daß er, wenn die Mutter nachmittags zur Arbeit ging, den Rest des Tages bei seinen Großeltern verbringen durfte.

Geduldig hörte die Frau zu und er wurde immer mutiger. Er erzählte alles, was ihm gerade einfiel und es machte ihm auf einmal ungeheuren Spaß. Er freute sich, daß seine Angst verflogen war. Hin und wieder bemerkte er, wie ein verstohlenes Lächeln um die Lippen der Frau spielte und eine wohlige Wärme durchströmte ihn. Er gab sich ganz den schönsten Erinnerungen seines kurzen Daseins hin und wurde erst in die Wirklichkeit zurückgeholt, als die Richterin ihn unterbrach: "Das sind ja wirklich großartige Dinge, die du da jeden Tag erlebst und ich wünsche dir, daß es lange so bleibt."

Wieder ordnete sie mit der Hand ihr volles weißes Haar. Etwas nachdenklich fuhr sie dann fort: "Aber neben all diesen schönen Sachen hat das Leben auch unangenehme Seiten, mit denen man fertig werden muß."

Sie blieb vor ihm stehen und schaute ihn liebevoll an.

"Wie du weißt, Jörg, leben deine Eltern nicht mehr zusammen, weil sie sich nicht mehr lieb haben. Genau wie Kinder auf einmal ihre Freunde oder ihre Spielsachen nicht mehr mögen, haben auch Erwachsene plötzlich andere Wünsche."

Sie hielt inne und setzte sich vor ihn hin.

"Weil aber beide gern mit dir zusammensein wollen und dich liebhaben, du aber nur bei einem von beiden wohnen kannst, muß nun ich als Richterin diese Frage entscheiden. Das ist auch für mich nicht leicht. Willst du mir ein wenig dabei helfen?"

Sie schaute ihn erwartungsvoll an. Er nickte zustimmend und ihre Gesichtszüge entspannten sich.

Wieder kamen ihm die schönen Nachmittage bei seinen Großeltern in den Sinn und plötzlich erkannte er, als ihm die weißen Haare der Richterin deutlich bewußt wurden, an wen sie ihn erinnerte. Er konnte den unbändigen Wunsch kaum unterdrücken, mit seinen Händen den wallenden Haarschopf dicht vor sich zu durchwühlen, und zuckte erschrocken zurück.

Dann aber sagte er frei heraus, bei wem er gerne leben würde und ein glückliches Lächeln erschien auf seinem Gesicht.

Die Richterin nahm Jörgs Hand und gemeinsam gingen sie zum Sitzungssaal zurück. Sie spürte den sanften Druck seiner Hand, der mehr als alles andere seine Dankbarkeit und Erleichterung zum Ausdruck brachte.

Die Anhörung hatte nicht länger als eine halbe Stunde gedauert. Zwischenzeitlich hatten sich Karin und Thomas mit ihren Anwälten über die weitere Strategie abgesprochen. Keiner wollte auch nur einen Schritt zurückweichen. Offene Feindschaft lag in der Luft.

Die Richterin führte den Termin fort und fragte, ob zusätzlich zu den Schriftsätzen weitere Argumente vorgetragen werden sollten?

Karins Anwalt, ein schwergewichtiger Mann, der offensichtlich zu hohem Blutdruck neigte, erhob sich umständlich. Nach außen hin wirkte er völlig harmlos, war aber in Familiensachen ein absoluter Profi, der von seinen Gegnern häufig unterschätzt wurde.

"Frau Vorsitzende!" begann er, und machte mit dem rechten Arm eine weitausholende Bewegung, "lassen sie mich nur einen einzigen, den meines Erachtens wichtigsten Punkt, hervorheben. Es ist hinreichend bekannt, daß Herr Maurer im Übermaß dem Alkohol zuspricht. Das mag angesichts der persönlichen Situation verständlich sein, läßt aber für die Frage der Übertragung des Sorgerechts keinen anderen Schluß zu, als zum Wohle des Kindes die Beschwerde zurückzuweisen und das Sorgerecht bei der Mutter zu belassen. Ich danke Ihnen!"

Thomas hockte mißmutig neben seinem Bevollmächtigten. Er war unrasiert und die Haare hingen ihm wirr ins Gesicht. Es war unverkennbar, daß er bereits am frühen morgen alkoholisiert war. Er hatte sich fest vorgenommen, vor Gericht einen guten

Eindruck zu machen, konnte aber der inneren Anspannung ohne ein paar kräftige Schlucke nicht Herr werden. Der Alkohol hielt ihn bereits fest im Griff, hatte er doch auch in der Vergangenheit während der ehelichen Querelen häufig zur Flasche gegriffen. Sein Arbeitgeber hatte ihn bereits damals abgemahnt und ihn auf seine beruflichen Pflichten hingewiesen.

Nun erhob sich sein Anwalt und beantragte, den Beschluß des Familiengerichts aufzuheben und seinem Mandanten das Sorgerecht zu übertragen. "Angesichts des schweren Schicksalsschlages, der meinen Mandanten getroffen hat", fuhr er fort, "wird nicht bestritten, daß er hin und wieder Trost im Alkohol gesucht hat. Tatsache ist aber, daß er, wenn es um das Wohl seines Sohnes geht, keinen Tropfen anrührt. Insbesondere hat sich dies auch deutlich an den Besuchswochenenden, an denen er Jörg betreut hat, gezeigt."

Die Richterin unterbrach seine Ausführungen und wies darauf hin, daß diese Frage doch wohl die alles entscheidende Rolle spiele. Schließlich könne nicht sicher vorhergesagt werden, wie weit die Alkohol-abhängigkeit bereits fortgeschritten sei. Sie fuhr fort:

"Der Senat wird den Beschluß des Familiengerichts mit Sicherheit nicht aufheben, sondern die Beschwerde zurückweisen. Das ist auch der Wunsch des Kindes, wie die soeben erfolgte Anhörung gezeigt hat."

Thomas sprach erregt auf seinen Anwalt ein. Der versuchte, ihn zu beruhigen und beschwor ihn, jetzt nicht alles zu versauen. Der Gegenanwalt tuschelte mit Karin. Jörg saß verängstigt daneben und vermied es, in Richtung seines Vaters zu schauen. Wie schwer war ihm die Entscheidung gefallen, hatte er doch auch eine enge Bindung zu ihm und wäre auch gerne weiter mit ihm zusammen. Nun fühlte er sich schuldig, daß er ihm mit seiner Aussage in den Rücken gefallen war. Er hatte aber doch keine andere Wahl. Was hätte er tun sollen?

"Ich gebe ihnen Gelegenheit", wandte sich die Vorsitzende nun an Thomas' Anwalt, "nach Kenntnis dieser Sach- und Rechtslage eventuell die Beschwerde zurückzunehmen, andernfalls eine Entscheidung wie eben dargelegt erfolgen wird."

In die letzten Worte der Richterin fielen plötzlich Schüsse. Bevor jemand reagieren konnte, wurde Karin von mehreren Projektilen schwer getroffen und mit ungeheurer Wucht vom Stuhl gerissen. Die Tür zum

Sitzungssaal flog auf und zwei Justizwachtmeister stürmten herein. Frau Dr. Wendlandt hatte sich mit der Protokollführerin, einer kleinen, mausgesichtigen Justizangestellten, hinter dem Richtertisch verschanzt. Jeder versuchte, in dem allgemeinen Chaos eine geeignete Deckung zu finden. Schockartige Lähmung breitete sich aus. Niemand war in der Lage, klar zu denken, geschweige denn etwas hilfreiches zu unternehmen. In dem allgemeinen Durcheinander nutzte Thomas die günstige Gelegenheit, seine Waffe einzustecken und den Gerichtssaal zu verlassen. Die Wachtmeister, die sich zuerst um die Verletzten kümmerten, verpaßten die Chance, ihn dingfest zu machen.

Thomas war nicht mehr Herr seiner Sinne. Seine Gedanken waren von einer Wolke umhüllt, die seine Hirnwindungen verdunkelte. Trotzdem gewann der menschliche Urtrieb die Oberhand und inspirierte ihn in äußerster Not zur Flucht. Er gelangte unbehelligt zum Ausgang und trat auf die Straße. Zu Hilfe kam ihm, daß sich das Drama im ersten Stock noch nicht herumgesprochen hatte und zunächst versucht wurde, die Verletzten zu versorgen. Mittlerweile waren Krankenwagen und Polizei verständigt worden. Der

Notarzt bemühte sich um Karin, die erheblich Blut verloren hatte. Zwei Geschosse hatten die rechte Schulter durchbohrt, ein weiteres hatte sie unterhalb des Brustbeins getroffen und steckte in der Nähe der Wirbelsäule fest. Ihr Anwalt war durch einen Streifschuß am Arm verletzt worden. Auch diese Wunde blutete heftig und mußte behandelt werden. Alle anderen Beteiligten waren wie durch ein Wunder unverletzt geblieben. Die Kripo hatte mittlerweile ihre Ermittlungen aufgenommen und nach den ersten kurzen Vernehmungen eine Ringfahndung eingeleitet. Jörg, der völlig aufgelöst neben seiner Mutter kniete, wurde von einer Gerichtspsychologin in Obhut genommen. Vor dem Sitzungssaal wimmelte es von Justizbediensteten und weiterem Publikum. Auch waren bereits veschiedene Medienvertreter erschienen, die die große Reportage witterten. Die Polizeibeamten schotteten den Tatort jedoch hermetisch ab und verwiesen die Journalisten an den Pressesprecher der Polizei- und Justizbehörden.

Karin wurde unverzüglich in die Neurochirurgie des Evangelischen Stifts St. Martin in Koblenz gebracht. Dort versuchte man durch eine sofortige Operation ihr Leben zu retten.

Von Thomas fehlte bis zum Abend jede Spur.
Sämtliche Fahndungsversuche gingen ins Leere.

Kapitel 10

Inge Cornelius, Urlaubsgeliebte von Thomas, saß in ihrer Trierer Wohnung vor dem Fernseher. Von Thomas hatte sie seit der Verabschiedung in Kitzbühel nichts mehr gehört. Sie fragte sich immer wieder, warum er sich nicht gemeldet hatte. Sie hätte gerne etwas vom Schicksal seiner Tochter erfahren. Mehrmals war sie in den vergangenen Wochen zum Telefon gegangen, hatte aber in letzter Sekunde ihr Vorhaben wieder aufgegeben.

Wenn er noch an mir interessiert wäre, hätte er sich sicher längst gemeldet, dachte sie dann. Warum soll ich ihm nachlaufen? Laß' ihn erst mal mit allem klarkommen. Dann, eines abends, hatte sie doch seine Nummer gewählt, und mit klopfendem Herzen gelauscht. Doch er meldete sich nicht.

Das Fernsehbild flimmerte und nach einem scharfen Schnitt erschien auf dem Bildschirm ein großes, schloßähnliches Gebäude, und die Stimme der Journalistin, die jetzt ins Bild trat, ertönte: "Ich befinde mich hier vor dem Oberlandesgericht in Koblenz. Soeben hat hier ein Justizdrama stattgefunden, bei dem es eine Schwerverletzte und einen Leichtverletzten gegeben hat. Nach einem Anhörungstermin des 3. Familiensenats in einer Sorgerechtssache, hat der Kindesvater auf seine Exfrau mehrere Schüsse abgegeben. Sie wurde mit lebensgefährlichen inneren Verletzungen in ein Koblenzer Krankenhaus eingeliefert. Der Täter konnte flüchten und wurde bisher nicht gefaßt. Die Polizei bittet um ihre Mithilfe. Wir blenden jetzt ein Foto des Mannes ein..."

Voller Entsetzen starrte Inge auf den Bildschirm und erkannte Thomas. Alles gefror in ihr. "Oh, mein Gott, was hat er angerichtet?" flüsterte sie. "Jetzt ist er völlig durchgedreht!"

"... Vorsicht, der Täter ist bewaffnet", drang die Stimme der Sprecherin wieder an ihr Ohr, "die Polizei warnt davor, eigenmächtig zu handeln und bittet bei womöglicher Identifizierung des Täters um sofortige Benachrichtigung der nächsten Polizeidienststelle."

Wie erstarrt saß Inge vor dem Bildschirm. Sie war nicht fähig, sich zu bewegen, geschweige denn das Fernsehgerät auszuschalten, das nach Einblenden der unvermeidlichen Werbung zum nächsten Thema überging, als wäre nichts geschehen.

Ihre Gedanken überschlugen sich. Sollte sie Thomas anrufen? Sofort verwarf sie diese Idee. Sicher war er jetzt nicht zu Hause. Sie erinnerte sich an den Anruf in Kitzbühel und an sein völlig verändertes Verhalten. Hoffentlich verlor er nicht vollends die Nerven und tat sich etwas an. Wenn sie doch nur wüßte, wie sie ihm helfen könnte.

Unterdessen liefen im Polizeipräsidium die Drähte heiß. Der Fernsehbericht hatte jede Menge Staub aufgewirbelt. Auch das Justiz- und Innenministerium in Mainz hatten sich eingeschaltet. Angesichts der Zunahme von Anschlägen in Justizgebäuden waren alle Behörden zu besonderen Sicherheitsvorkehrungen aufgefordert worden. Personendurchsuchungen wurden jedoch nicht in allen Fällen, sondern überwiegend nur bei größeren Strafprozessen vorgenommen. Wieder einmal zeigte sich, daß nicht allen Eventualitäten vorzubeugen war.

Mittlerweile war es Abend geworden, als die zuständige Kriminaldirektion in Koblenz eine Meldung der Polizeidienststelle Mülheim-Kärlich erhielt, wonach sich ein Mann gemeldet hatte, der am Rastplatz einer Tankstelle niedergeschlagen und dessen Auto gestohlen worden war. Eine Fahndung nach dem Fahrzeug wurde sofort eingeleitet, die Spur verlief jedoch im Sande.

71

Wesentlich interessanter wurde es dann zwei Stunden später. Aus Trier kam die Meldung, daß der gesuchte Wagen am Stadtrand in der Nähe einer kleinen Schrebergartenanlage aufgefunden worden sei. Der Fahrer war unerkannt entkommen.

Kriminalhauptkommissar Gottfried Müller schlug sich mit klatschendem Geräusch auf die Oberschenkel und schnalzte mit der Zunge.

"Wenn das nicht mal unser Mann ist. Ich habe so ein Gefühl in den linken Zehen, das mich noch selten getrogen hat."

Sein Assistent, Kriminalobermeister Ehrenfried Kaluschka, zwinkerte nervös mit dem rechten Augenlid. Solche Sprüche seines Chefs kannte er zur Genüge. Meistens war dessen Zehenspitzengefühl aber im wahrsten Sinne des Wortes in den Socken steckengeblieben.

"Sofort Großfahndung in Trier einleiten lassen", bellte Müller, und zog seine Schuhe an. Er hatte die üble Angewohnheit, bei zu erwartender längerer Schreibtischtätigkeit seine Schuhe auszuziehen und die Füße lüften zu lassen. "Fotos des Täters an jede Polizeidienststelle in Trier und Umgebung." Dann ließ er sich mit dem Leiter der mitteilenden Dienststelle verbinden und bat ihn, vor Ort alle notwendigen Maßnahmen zu treffen. Doch auch bis zum nächsten Morgen hatten sich keinerlei neue Erkenntnisse ergeben.

Inge war unterdessen vor Erschöpfung eingeschlafen. Immer wieder schreckte sie zusammen, wenn die Geräuschkulisse des Fernsehers wechselte. Jetzt hörte sie wieder ein hartnäckiges Klingeln, das in ihren Ohren dröhnte. Gequält erhob sie sich und schaltete das Gerät aus. Verwundert stellte sie fest, daß die Klingel weiterhin Sturm läutete.

Mein Gott, dachte sie, es ist die Türklingel. Wer will denn jetzt noch was von mir? Als sie den Hörer der Sprechanlage abnahm, hörte sie eine schweratmende Stimme, bei deren Erkennen es ihr siedendheiß über den Rücken lief.

"Inge, hier ist Thomas, ...bitte, mach auf, es ist etwas Schreckliches geschehen."

Ohne zu überlegen drückte sie auf den Türöffner und trat ins Treppenhaus. Als sie Thomas die Treppe heraufhasten sah, erschrak sie über sein Aussehen. Seine Augen waren blutunterlaufen, die Haare hingen ihm wirr ins Gesicht und dicke Schweißtropfen standen auf seiner Stirn. Seine Hosenbeine waren bis zu den Knien durchnäßt und braune Flecken bedeckten sein vormals weißes Hemd. Als er näher kam, roch sie die Alkoholfahne aus einem Gemisch von Bier und Schnaps. Seine Augen lagen tief in den Höhlen und die Hände zitterten.

"Ich weiß, was passiert ist, Thomas", empfing sie ihn und zog ihn in die Wohnung. "Schnell, bevor ein Nachbar dich sieht." Sie schloß die Tür.

"Woher weißt du es?" fragte er keuchend und rang nach Luft. "RTL hat vor einigen Stunden eine Sondersendung gebracht. Direkt aus Koblenz."

"Es tut mir alles so leid, Inge", stöhnte er. "Dass wir uns unter diesen Umständen wiedersehen würden, hätte ich nie gedacht. Was ist nur mit mir geschehen? Ich habe seit Ankes Tod völlig den Boden unter den Füßen verloren. Was ist, wenn Karin tot ist?"

Voller Schmerz registrierte Inge, daß Anke nicht mehr lebte. Urlaubserlebnisse, die nach dem schrecklichen Anruf so jäh zerstört worden waren, kamen ihr in den Sinn. Jetzt wußte sie, warum er sich nicht gemeldet hatte. Sie schob die Erinnerungen beiseite und stellte sich der augenblicklichen Situation.

"Sie ist nicht tot", erwiderte sie dumpf. "Zumindest

war sie es nach der letzten Meldung im Fernsehen noch nicht. Gesprochen wurde von einer Schwer- und einem Leichtverletzten."

"Ich muß untertauchen, Inge", hechelte Thomas. "Ich will nicht ins Gefängnis. Da gehe ich kaputt!"

"Beruhige dich, Thomas", besänftigte sie ihn. "Wir werden alles in Ruhe besprechen und dann weitersehen. Du gehst jetzt erst unter die Dusche, während ich dir etwas zu essen mache." Alle Anspannung war von ihr abgefallen. Ihre Zuneigung zu Thomas war so groß, daß sie versuchen wollte, die momentane Lage nicht noch zu verschlimmern. Auf jeden Fall mußte er sich stellen. Wenn die Tat unter Alkoholeinfluß begangen worden war, konnte er vielleicht mit einem blauen Auge davonkommen. Nachdem Thomas sich etwas beruhigt hatte, aß er heißhungrig die von Inge zubereiteten Rühreier mit Schinken und legte sich dann auf die Couch. Sie unterhielten sich stundenlang und Inge beschwor ihn immer wieder, sich der Polizei zu stellen.

"Du hast eher eine Chance, wenn sie dich in deinem jetzigen Zustand vernehmen und alles im Protokoll festhalten. Du hast getrunken und bist übererregt", beendete sie ihre verbalen Bemühungen. "Das gibt sicher mildernde Umstände. Du kannst nicht ewig davonlaufen. Einer Strafe mußt du ins Auge sehen."

Nach langem Grübeln gab Thomas seinen Widerstand auf. "Du hast vollkommen recht, Inge", resignierte er. "Ich werde mich morgen früh der Polizei stellen."

Am nächsten Morgen wurde Thomas dem zuständigen Haftrichter in Koblenz vorgeführt. Nach stundenlanger zermürbender Vernehmung ordnete der Richter die einstweilige Unterbringung gemäß § 126 a Abs. 1 Strafprozeßordnung an.

"Diese Maßnahme halte ich für notwendig", fuhr er fort, "weil dringende Gründe für die Annahme vorliegen, daß die Tat im Zustand der verminderten Schuldfähigkeit begangen wurde und daß eine Unterbringung in einer Entziehungsanstalt angeordnet werden wird, auch weil der Beschuldigte nach der Tat in erheblich angetrunkenem Zustand ein Kraftfahrzeug bis nach Trier geführt und dadurch die öffentliche Sicherheit gefährdet hat und möglicherweise weiter gefährden könnte."

Thomas wurde nach dem Beschluß des Haftrichters unverzüglich in eine Klinik für Forensische Psychiatrie eingeliefert und gründlich untersucht. Nach einigen Tagen wurde eine gutachterliche Stellungnahme zu den Ermittlungsakten gegeben, die folgenden Wortlaut hatte:

Durch Unterbringungsbefehl des Amtsgerichts Koblenz wurde die einstweilige Unterbringung des Beschuldigten gemäß § 126 a StPO angeordnet.

Herr Maurer wurde in unserer Institution der Aufnahmestation 8.1 zugewiesen und nach einigen Tagen auf die Therapiestation verlegt. Herr Maurer nahm von Anfang an an dem Pflichtprogramm teil. Er erzählte bereits im Erstkontakt ausführlich von seiner begangenen Straftat. Dabei wurde deutlich, daß Herr M. unsagbar unter der Tat leidet und über alle Dinge ausführlich sprechen will. Er betont immer wieder, daß er sein Verhalten heute nicht mehr begreifen könne und auch kaum noch ein Erinnerungsvermögen bezüglich des Tathergangs habe.

Seine Alkoholabhängigkeit betreffend ist Herr M. der Meinung, daß er durch die seelischen Spannungen und Belastungen anläßlich der erfolgten Ehescheidung und des Unfalltodes seiner Tochter alkoholabhängig geworden sei und entsprechende Hilfe benötige, um sein Leben wieder in den Griff zu bekommen. Dies erscheint ihm besonders wichtig, weil er durch die Alkoholeinwirkung Dinge getan habe, die ihm früher niemals in den Sinn gekommen wären. Auch habe er Angst, unter Alkoholeinfluß erneut irgendeine Dummheit zu begehen.

Der Leidensdruck des Herrn M. ist nach wie vor vorhanden. Dieser müßte in Einzeltherapiegesprächen gemildert werden können. Sollte Herr M. verurteilt werden, ist Anordnung von Maßregelvollzug nach § 64 StGB zu befürworten, da die aufgezeigten schweren Probleme nicht innerhalb der einstweiligen Unterbringungszeit gelöst werden können.

Dr. med. A. Kalfer · F. Bornstein
Dipl.-Psychologe Dipl.Soz.Päd.
Arzt für Psychiatrie
Leitender Arzt

Kapitel 10

Karin war nach der Operation auf dem Wege der Besserung. Lebensgefahr bestand nicht mehr. Es deutete jedoch alles darauf hin, daß eine Querschnittslähmung infolge der Wirbelsäulenverletzung zurückbleiben würde.

Mittlerweile waren einige Tage vergangen. Sie hatte nach der Operation eine Woche auf der Intensivstation verbringen müssen und wurde dann in ein normales Krankenzimmer verlegt. Durch das Fenster im vierten Stock der Klinik schien die Sonne und erwärmte das ansonsten kalte Zimmer mit ihren Strahlen. Da sie auf dem Rücken liegen mußte, sah sie nur den blauen Himmel. Die langsam erwachende Natur auf den gegenüberliegenden Rheinhängen blieb ihr verborgen. Sie hing ihren Gedanken nach. Die schrecklichen Ereignisse vor einigen Tagen konnte sie noch immer nicht begreifen. Wie oft hatte sie Thomas angefleht, mit dem übermäßigen Trinken aufzuhören. Immer wieder hatte sie befürchtet, daß eines Tages dadurch etwas Verhängnisvolles geschehen könne.

Ihre Eltern waren gerade hereingekommen und hatten Jörg mitgebracht. Als sie den Jungen sah, traten ihr

Tränen in die Augen. Sie bemerkte seine Verstörtheit. Linkisch schmiegte er sich an sie und fing an zu weinen. Auch ihre Eltern nahmen sie in die Arme.

"Warum mußte es so weit kommen", murmelte ihr Vater. "Der Alkohol hat alles zerstört."

"Hör' schon auf", fuhr seine Frau ihn an. "Denk doch an den Jungen." Sie nahm Jörg bei der Hand und ging mit ihm zum Fenster, um ihn abzulenken. Auf dem Rhein zogen die schweren Lastkähne und die Vergnügungsdampfer gemächlich ihre Bahn. Jörg schaute gebannt aus luftiger Höhe herunter und vergaß für den Augenblick seinen Kummer.

Karins Vater nahm einen Briefumschlag aus der Tasche und sagte: "Das habe ich heute aus deinem Briefkasten genommen. Es ist ein Schreiben vom Oberlandesgericht."

"Lies es mir bitte vor", sagte Karin und versuchte sich etwas aufzurichten.

Der Familiensenat des Oberlandesgerichts hatte die Beschwerde gegen den Sorgerechtsbeschluß des Amtsgerichts, wie vor dem schrecklichen Zwischenfall angekündigt, zurückgewiesen. Damit war Karin nunmehr allein sorgeberechtigt.

Zunächst einmal mußten sich ihre Eltern um Jörg

kümmern. Wie es dann bei ihrer schweren Behinderung weitergehen sollte, wußte sie nicht. Als hätte ihr Vater ihre Gedanken erraten, sagte er: "Mach' dir keine Sorgen, mein Kind, wir werden uns bis zu deiner Genesung um Jörg kümmern, wie wir es bisher auch getan haben."

Wie schwer ihm bei dem Gedanken an Karins Lähmung zumute war, konnte sie nicht erahnen. Wie sollte die Zukunft gemeistert werden? Konnte Karin in ihrer Wohnung bleiben oder mußten sie beide zu sich nehmen? Sie hatten genug Platz in ihrem Haus und ein notwendiger rollstuhlgerechter Umbau war jederzeit möglich.

Mittlerweile war ihre Mutter mit Jörg an ihr Bett zurückgekehrt.

Auch sie versuchte, ihre Tochter zu trösten.

"Es wird alles gut werden, mein Kind", sagte sie. "Jörg ist bei uns gut aufgehoben."

"Das weiß ich doch, Mutter", erwiderte Karin unter Tränen. "Aber ich bin seine Mutter. Er braucht doch auch mich. Hoffentlich kann ich mich nach meiner Entlassung ausreichend um ihn kümmern."

"Natürlich, Karin, wir stehen dir jederzeit zur Seite." Ihre Mutter küßte sie auf die Stirn und streichelte ihre

Hand.

"Nun müssen wir aber gehen. Die Stationsschwester hat uns gebeten, nicht zu lange zu bleiben. Du brauchst noch etwas Ruhe."

Sie verabschiedeten sich. Jörg klammerte sich an sie und versuchte tapfer die Tränen zu unterdrücken. "Bald sind wir wieder zusammen, Mama", brachte er noch mühsam heraus und lief dann seinen Großeltern hinterher.

Kapitel 11

Die Hauptverhandlung vor der 12. Großen Strafkammer des Landgerichts Koblenz hatte durch die
zahlreichen Medienberichte in der Öffentlichkeit ein
großes Interesse gefunden. Der Sitzungssaal war bis
auf den letzten Platz besetzt.

Als die Richter eintraten, erhoben sich alle von ihren
Plätzen.

Der Vorsitzende belehrte die geladenen Zeugen und
wies sie an, bis zu ihrer Vernehmung den Saal zu
verlassen. Er stellte sodann die Anwesenheit des
Angeklagten fest und vernahm ihn zur Person.

Danach bat er den Staatsanwalt, die Anklageschrift zu
verlesen.

Die Staatsanwaltschaft hatte die Strafkammer
angerufen, weil sie eine höhere Strafe als vier Jahre
Freiheitsstrafe beantragen wollte und auch erwartete.

Anklage wurde erhoben wegen Schwerer Körper-
verletzung. Der Strafrahmen für diese Tat beträgt
Freiheitsstrafe von einem Jahr bis zu zehn Jahren.
Weitere Anklagepunkte waren Körperverletzung und
unbefugter Gebrauch eines Kraftfahrzeugs. Der letzte
Punkt wurde auf Antrag des verletzten Autofahrers

verfolgt, der auf der Tankstelle niedergeschlagen und dessen Auto entwendet worden war. Er hatte Thomas eindeutig als Täter identifiziert.

Der Staatsanwalt schilderte den Tatablauf ausführlich. Nach Beendigung der Ausführungen fragte der Vorsitzende den Angeklagten, ob er zur Sache aussagen wolle.

Thomas nickte seinem Verteidiger zu, der sich sofort erhob und folgende Erklärung abgab: ""Hohes Gericht! Mein Mandant bekennt sich in allen Anklagepunkten für schuldig und ist bereit, zur Sache auszusagen."

Thomas wurde sodann vernommen. Er schilderte die Vorgeschichte, die Scheidungsquerelen, den Tod seiner Tochter und gab auch zu, in früheren Zeiten dem Alkohol nicht abgeneigt gewesen zu sein. Diese gelegentlichen Trinkereien seien aber in der schwierigen Phase der Scheidung fast zur täglichen Gewohnheit geworden. Er habe, fuhr er fort, einen zweiwöchigen Urlaub in Tirol angetreten, um auf andere Gedanken zu kommen und sich von allen Problemen abzuschirmen. Während des Urlaubs sei seine Tochter schwer verunglückt und nach Wochen des Bangens und Hoffens schließlich gestorben.

Zudem habe ihn der Streit um das Sorgerecht und die Angst um den Verlust seines Sohnes immer tiefer in die Abhängigkeit getrieben. Insbesondere habe er in der Nacht vor dem Sorgerechtstermin kein Auge zugetan und immer wieder zur Betäubung seines Schmerzes einen Schluck aus der Schnapsflasche genommen. Dazu habe er etliche Flaschen Bier konsumiert. Wieviel er im einzelnen getrunken habe, könne er nicht mehr sagen. Er spüre aber, daß nach der begonnenen Therapie eine deutliche Besserung seines Befindens eingetreten sei. Eine weitere Therapie wolle er auch fortführen.

Anschließend wurden die Zeugen vernommen, die den Tathergang im Sitzungssaal miterlebt hatten, insbesondere die beiden Wachtmeister, die nach den Schüssen die Situation zu entschärfen versucht hatten. Alle bestätigten im wesentlichen die bereits bekannten Details. Weitere Erkenntnisse wurden nicht vorgetragen.

Danach wurde die Verhandlung vertagt. In drei Tagen sollte ein medizinischer Sachverständiger zu der Schuldfähigkeit des Angeklagten gehört werden.

Thomas wurde zurück in die Psychiatrische Klinik gebracht.

Am zweiten Verhandlungstag wurde der Sachverständige, Dr. med. A. Kalfer, Dipl.-Psychologe und Arzt für Psychiatrie, gehört. Er führte aus, daß es sich tatsächlich als schwierig erwiesen habe, zu dem Grad der Alkoholisierung des Angeklagten zur Tatzeit sichere Feststellungen zu treffen, da dessen Angaben zu seinem Alkoholkonsum am Tattag wechselnd und unsicher gewesen seien und andere Erkenntnisquellen nicht zur Verfügung gestanden hätten. Lege man aber seine Angaben über Bier- und Schnapskonsum zugrunde, die er im Rahmen der Exploration ihm gegenüber gemacht habe, so errechne sich eine Blutalkoholkonzentration zur mutmaßlichen Tatzeit von maximal 2,59 Promille. Es könne aber nicht ausgeschlossen werden, daß der Angeklagte vor der Tat eine ganze Flasche Schnaps getrunken habe. Rein rechnerisch ergebe dies bei Anwendung der Widmark-Formel und Zugrundelegung eines Resorptionsdefizits von 10 Prozent, eines Reduktionsfaktors von 0,7 und eines stündlichen Abbauwertes von 0,1 Promille über 15 Stunden einen Maximalwert von 4,5 Promille. Hierbei handele es sich aber um einen theoretischen Wert, da die tatsächlich beim Angeklagten wirksam gewordenen Abbaufaktoren nicht mehr feststellbar seien.

Nach diesen Ausführungen wurde der Sachverständige entlassen.

Anschließend plädierte der Staatsanwalt und beantragte eine Freiheitsstrafe von viereinhalb Jahren wegen schwerer Körperverletzung, eine Freiheitsstrafe von sechs Monaten wegen Körperverletzung und eine Freiheitsstrafe von 6 Monaten wegen unbefugten Gebrauchs eines Fahrzeugs in Tateinheit mit Trunkenheit am Steuer. Diese Einzelstrafen sollten zu einer Gesamtfreiheitsstrafe von insgesamt fünf Jahren zusammengefaßt werden.

Der Verteidiger hob in seinen Ausführungen die besonderen Umstände des Falles hervor und beantragte eine Verurteilung wegen vorsätzlichen Vollrausches gemäß § 323 a Strafgesetzbuch und Beschränkung der Strafe auf das gesetzliche Mindestmaß.

Das Gericht beraumte Urteilsverkündung für den nächsten Tag an.

Kapitel 12

Mittwochmorgen, Tag der Urteilsverkündung, Zehn Uhr.

Im Sitzungssaal 3 herrschte angespanntes Gemurmel. Der Saal war wiederum bis auf den letzten Platz besetzt. Sogar einige Stehplätze mußten wegen des riesigen Andrangs in Kauf genommen werden.

Als das Gericht eintrat, erhoben sich alle von ihren Sitzen.

Der Vorsitzende verkündete dann

IM NAMEN·DES VOLKES

folgendes Urteil:

Der Angeklagte wird wegen vorsätzlichen Voll-rausches zu einer Gesamtfreiheitsstrafe von 3 Jahren verurteilt.

Seine Unterbringung in einer Entziehungsanstalt wird angeordnet.

Er hat die Kosten des Verfahrens zu tragen.

Anschließend bat er alle Anwesenden Platz zu nehmen und begann mit der mündlichen Urteilsbegründung.

Er schilderte erneut die gesamte Vorgeschichte und betonte insbesondere, daß die geschiedene Ehefrau des

Angeklagten infolge der Tat querschnittgelähmt sei und ihr weiteres Leben für immer im Rollstuhl verbringen müsse. Außerdem seien weitere Beteiligte nicht unerheblich verletzt worden. Es könne von einer günstigen Fügung des Schicksals gesprochen werden, daß nicht noch weitere Anwesende bei dem Anhörungstermin und der anschließenden Bluttat zu Schaden oder gar zu Tode gekommen seien, was auch bei der Alkoholfahrt des Angeklagten nach Trier durchaus hätte geschehen können. Dann nahm er Bezug auf die geschilderten Berechnungen des Sachverständigen hinsichtlich der Alkoholisierung des Angeklagten zur Zeit der Tat.

Nach kurzem Blick in seine Unterlagen fuhr er fort: "Auf der Grundlage dieser Feststellungen, der Zeugenaussagen sowie der von ihm durchgeführten Exploration hat sich der Sachverständige Dr. Kalfer zur Frage der Persönlichkeit des Angeklagten geäußert. Er hat ausgeführt, der Angeklagte sei ein Mann von durchschnittlicher Intelligenz, er wisse was wesentlich sei und könne konjunktivisch denken. Die Schwere der Verletzungen seiner geschiedenen Frau am Tattag habe eine Vorgeschichte in dem von ihm gelebten Alkoholismus. Bei dem Angeklagten habe eine leichte bis mittelschwere Alkoholabhängigkeit vorgelegen, nicht nur ein Alkoholmißbrauch. Er sei vor der Tat in der Lage gewesen, regelmäßig zu arbeiten; jedoch seien bei ihm nach seiner einstweiligen Unterbringung Entzugserscheinungen aufgetreten, die vier Tage lang mit Distraneurin hätten behandelt werden müssen. Was den Tatmorgen betreffe, so gebe es weder Hinweise auf eine abnorme Alkoholreaktion beim Angeklagten noch auf einen Rauschdämmerzustand mit Situationsverkennung, Halluzinationen und wahnhaften Beziehungssetzungen. Die entsprechenden Aussagen der Zeugen paßten auch nicht zum Erscheinungsbild eines pathologischen Rausches, der bei hirnorganischen Störungen oder schweren Erkrankungen auftreten könne und charakterisiert sei durch starke Erregung mit nachfolgender Erinnerungslosigkeit und langem Schlaf."

Der Vorsitzende machte eine Pause und nahm einen Schluck aus dem vor ihm stehenden Wasserglas. Er ordnete verschiedene Papiere, sprach kurz mit seinen Beisitzern, und fuhr fort:

"Der Sachverständige hat abschließend ausgeführt, gehe man von einer Blutalkoholkonzentration von

2,59 Promille aus, so seien die von den Zeugen getroffenen Wahrnehmungen damit in Übereinklang zu bringen; die Annahme einer erheblich verminderten Steuerungsfähigkeit liege nahe. Könne der Alkoholwert bei bis zu 4,5 Promille gelegen haben, dann sei auch bei einem stark an Alkohol gewöhnten Menschen Steuerungsunfähigkeit nicht auszuschließen; mit der aus den verschiedenen Zeugenaussagen sich ergebenden Psychodiagnostik stünde dies jedoch in Kollision. Die Kammer hat sich gehindert gesehen, für das Ausmaß der Beeinträchtigung des Angeklagten Rückschlüsse zu ziehen aus objektiven und subjektiven Umständen, die sich auf das Erscheinungsbild und das Verhalten des Angeklagten vor, während und nach der Tat beziehen. Die Kammer hatte nach dem Zweifelsgrundsatz davon auszugehen, daß die Blutalkoholkonzentration des Angeklagten zur Tatzeit über 2 Promille gelegen hat und er in seiner Steuerungsfähigkeit unter Alkoholeinfluß zumindest erheblich vermindert war, daß der Alkoholwert aber auch deutlich über 3 Promille gelegen haben kann und somit nicht ausgeschlossen werden kann, daß die Steuerungsfähigkeit des Angeklagten im Sinne des § 20 Strafgesetzbuch aufgehoben war.

Zur Frage der Schuldfähigkeit des Angeklagten in Bezug auf die Herstellung eines Vollrausches hat der Sachverständige ausgeführt, im Hinblick auf seine regelmäßige Arbeitsfähigkeit sei davon auszugehen, daß der Angeklagte seinen Alkoholkonsum steuern und kontrollieren konnte; jedoch sei eine erhebliche Herabsetzung der Steuerungsfähigkeit vor dem Hintergrund einer süchtigen Fehlentwicklung nicht auszuschließen. Die Kammer ist dem gefolgt.

Nach diesen Feststellungen hat sich der Angeklagte des vorsätzlichen Vollrausches gemäß § 323 a StGB schuldig gemacht. Er hat im Zustand einer bewußt herbeigeführten Volltrunkenheit rechtswidrige Taten begangen, für die er nach § 20 StGB nicht bestraft werden kann, weil seine Schuldunfähigkeit nicht auszuschließen ist. Die im Rausch begangenen Taten sind als schwere Körperverletzung gemäß § 226 StGB, als Körperverletzung gemäß § 223 StGB und als unbefugter Gebrauch eines Fahrzeugs gemäß § 248 b StGB in Tateinheit mit Trunkenheit am Steuer zu werten.

Den Strafrahmen des § 323 a StGB hat die Kammer wegen der nicht auszuschließenden verminderten Steuerungsfähigkeit nach §§ 21, 49 Abs. 1 StGB gemildert. Zugrundezulegen war somit ein Strafrahmen von einem Monat bis zu drei Jahren und neun Monaten Freiheitsstrafe oder Geldstrafe.

Zugunsten des Angeklagten hatten sich die Umstände auszuwirken, die die Anwendung des § 21 StGB begründen; da diese bereits zu einer Milderung des Strafrahmens geführt haben, war ihnen im Rahmen der konkreten Strafzumessung jedoch nur noch geringes Gewicht beizumessen. Strafmildernd wirkte sich ferner aus, daß der Angeklagte nicht vorbestraft ist und sich selbst der Polizei gestellt hat. Zu seinen Lasten war zu berücksichtigen, daß er wußte, daß er durch den Tod seiner Tochter und die anstehenden Sorgerechtsverhandlungen enorm unter Druck stand, der für sich allein schon eine Kurzschlußreaktion hätte auslösen können. Umso gefährlicher war es, sich in einen derartigen Rausch zu trinken wie in der Nacht vor und am Morgen der Tat. Wie gefährlich sein Rausch war, zeigt die Schwere der Verletzungen, die er seiner geschiedenen Frau und deren Anwalt durch die Abgabe mehrerer Schüsse zugefügt hat.

Bei Abwägung der für und gegen den Angeklagten sprechenden Umstände war eine Freiheitsstrafe von drei Jahren tat- und schuldangemessen.

Die Unterbringung des Angeklagten in einer Entziehungsanstalt war anzuordnen.

Der Angeklagte hat den Hang, alkoholische Getränke im Übermaß zu sich zu nehmen. Würde er ohne Behandlung entlassen, so liegt nahe, daß er alsbald wieder mit dem übermäßigen Alkoholkonsum beginnen würde, der unter Umständen rechtswidrige Taten nach sich ziehen könnte, zumal die persönliche Problematik noch nicht überwunden ist."

Wieder hielt der Richter inne und trank einen Schluck Wasser. Im Gerichtssaal war die Luft mittlerweile stickig geworden. Fenster konnten nicht geöffnet werden, weil der draußen herrschende Verkehr jedes Wort unverständlich gemacht hätte.

Thomas saß mit hochrotem Kopf neben seinem Verteidiger und stierte ins Leere. Einige Zuschauer hatten bereits den Saal verlassen. Die übrigen hörten gebannt der weiteren Urteilsbegründung zu.

"Eine hinreichende Erfolgsaussicht für eine Entziehungskur ist zu bejahen", fuhr der Vorsitzende fort. "Der Angeklagte hat sich bis auf die Zeit der einstweiligen Unterbringung einer umfassenden Behandlung nicht unterzogen; er hat in der Haupt-verhandlung jedoch ausdrücklich erklärt, eine Therapie durchführen zu wollen.

Nach § 67 Abs. 1 StGB ist die Maßregel vor der Strafe zu vollziehen. Die Kammer hat keinen Anlaß gesehen, an dieser Reihenfolge etwas zu ändern.

Die Kosten des Verfahrens hat der Angeklagte zu tragen, weil er verurteilt worden ist.

Die Sitzung ist geschlossen."

Nach diesen Worten verließen die Richter den Saal. .

Erregtes Gemurmel wurde laut und Unruhe breitete sich unter den Zuschauern aus, die wie eine Herde zum Ausgang drängten.

Thomas wurde von zwei Wachtmeistern aus dem Saal geführt und zurück in die Psychiatrische Klinik gebracht.

Kapitel 13

Inge Cornelius saß wie versteinert im Zuschauerraum und schlug die Hände vors Gesicht. Thomas hatte ihr beim Hinausgeführtwerden einen wehmütigen Blick zugeworfen, der all seine Verzweiflung über die vor ihm liegende Zeit ausdrückte. Sie hatte sich auf seinen Wunsch hin bedeckt gehalten und ihre Beziehung zu ihm verschwiegen. Er hatte sich allein der Polizei gestellt. Niemand wußte etwas von ihr. Daher war sie auch nicht als Zeugin benannt worden. Thomas hatte auf die Frage, was er in Trier gewollt habe, lediglich geantwortet, daß er völlig kopflos umhergefahren und schließlich in Trier gelandet sei. Nur weg! wäre sein einziger Gedanke gewesen.

Mit der Höhe des Strafmaßes hatte sie nicht gerechnet. Wenn Thomas zunächst eine Therapie beginnen und anschließend die Strafe antreten mußte, würden sie sich lange nicht sehen. Höchstens die gelegentlichen Kurzbesuche konnten die Beziehung notdürftig aufrechterhalten. Würde das reichen? Sie wollte gern mit Thomas ein neues Leben beginnen und ihm helfen, die schlimme Vergangenheit zu bewältigen. Doch sie hatte Angst, ihr Leben mit einem Alkoholiker zu verbringen, der jederzeit rückfällig werden konnte. Die schönen Tage in Kitzbühel kamen ihr in den Sinn und jetzt verstand sie, warum Thomas schon damals so unsicher war. Sie erinnerte sich auch deutlich, daß diese Unsicherheit schnell verflog, wenn er alkoholisiert war. Dann schien er wie ausgewechselt und die depressive Verstimmung war verschwunden. Andererseits fürchtete sie aber auch seine in der Hauptverhandlung deutlich gewordene Gewaltbereitschaft unter Alkoholeinfluß. Würde sie dies alles verkraften? Konnte sie vergessen, was Karin und mehrere unschuldige Personen erlitten hatten?

Sie wußte es nicht und war völlig durcheinander. Dennoch sagte ihr eine innere Stimme, daß sie Thomas nicht aufgeben durfte.

Sie schrak aus ihren Gedanken auf und schaute sich um. Alle Zuschauer und Prozeßbeteiligte hatten den Saal verlassen. Die plötzlich unheimlich wirkende Stille dröhnte in ihr. Bilder aus vergangenen Tagen kamen ihr in den Sinn. Schwierigkeiten und Trennungsprobleme mit ihrem damaligen Freund drängten sich in ihr Bewußtsein und belasteten ihre ohnehin strapazierte Psyche zusätzlich. Ständige Auseinandersetzungen mit ihrer Mutter nahmen in ihr

Gestalt an und sie glitt in die Vergangenheit.

Alles stand ihr deutlich vor Augen.

"Würdest du dich nicht immer an verkrachten Existenzen orientieren und dein Samaritertum aufgeben, könntest du längst verheiratet sein", warf ihre Mutter ihr vor. "Aber nein, du läßt dich schwängern und der saubere Gigolo ist über alle Berge."

"Ach, hör schon auf", antwortete sie erregt. "Kluge Sprüche kannst du von dir geben, aber als ich deine Zuwendung gebraucht habe, warst du nie ansprechbar."

Ungerührt fuhr ihre Mutter fort: "Ich kann dir nicht helfen und muß sehen, wie ich selbst über die Runden komme."

Inge seufzte. "Etwas anderes habe ich auch nicht zu hoffen gewagt", sagte sie resignierend, und wischte sich die aufkommenden Tränen mit dem Handrücken fort. "All Euren Scheidungskrieg mit seinen fatalen Folgen habt ihr auf mir abgeladen. Keiner hatte Zeit für meine Probleme. Ist es da ein Wunder, wenn ich woanders etwas Geborgenheit suche?"

Ihre Mutter schüttelte den Kopf und entgegnete: "Du warst alt genug, um mit deinem Leben allein zurechtzukommen. Die Tatsache, daß die Ehe deiner Eltern gescheitert ist, war noch lange kein Grund, sich mit zwielichtigen Typen abzugeben." Ungnädig schaute sie auf ihre Tochter herab und steckte sich eine Zigarette an. Sie blies kunstvolle Rauchringe in die Luft und legte die Füße auf den Tisch.

Inge schwieg. Was sollte sie darauf antworten. Sie hatte ihre Mutter schon immer als kalt und egoistisch empfunden und deren Hang zur Leichtlebigkeit gehaßt. Dennoch mußte sie aufpassen, daß sie bei ihren vielen Bekanntschaften nicht den gleichen Fehler machte. Die eben gehörten Vorhaltungen ließen sie wachsam werden und sie beschloß, ihr Leben vorerst alleine zu bewältigen. Unbarmherzig beendete ihre Mutter die Tirade mit einem Tiefschlag: "Du kannst das Kind auf keinen Fall austragen. Ich hoffe, du weißt, was du zu tun hast."

Schmerzlich kehrte Inge in die Gegenwart zurück. Wieder wurde ihr bewußt, wie allein sie war. Hatte dieses von Kind an in ihr lodernde Gefühl sie tatsächlich alle Realität vergessen lassen? Geriet sie deshalb immer wieder in den Bann von unzuverlässigen Typen, die ihr oberflächlich den Anschein von Geborgenheit gaben? Aus purer Not hatte sie einen Schwangerschaftsabbruch vornehmen lassen und unsagbar unter dieser Entscheidung gelitten.

"Wollen Sie hier übernachten?" hörte sie eine unpersönliche Stimme sagen und zuckte erschrocken zusammen. Der korpulente Justizwachtmeister schaute sie mißtrauisch an und forderte sie unmißverständlich auf, den Saal zu verlassen. Ruckartig stand sie auf und ging grußlos davon. Unschlüssig trat sie auf die Straße und lief planlos durch die Stadt. Sie war völlig aufgewühlt von den vergangenen Ereignissen und wußte nicht weiter. Für Thomas konnte sie im Augenblick nichts tun. Sie schlug den Weg zum Moselufer ein und gelangte kurze Zeit später zum "Deutschen Eck". Unter der mächtigen Statue Kaiser Wilhelms machte sie halt und betrachtete das monumentale Bauwerk. Scharen von Touristen bevölkerten den Platz. Ein Kauderwelsch von Sprachen drang an ihre Ohren. Doch sie hatte keinen Sinn mehr für die Schönheit der Umgebung. Sie wollte nach Hause, nur nach Hause. Nichts mehr hören und sehen von den Schauplätzen der vergangenen schrecklichen Ereignisse.

Sie eilte zum Bahnhof und fuhr nach Trier zurück.

Kapitel 14

Thomas saß in einer Ecke des Therapieraumes und stierte gedankenverloren vor sich hin. Nach dem Urteilsspruch war er auf direktem Wege wieder in die Klinik gebracht worden. Nach unruhigem Schlaf, der ständig von düsteren Visionen unterbrochen wurde, war er aufgestanden, und hatte sich hierher zurückgezogen. Immer wieder hatte er das Bild des Gerichtssaals vor Augen und der Spruch der Richter dröhnte in seinen Ohren. Drei Jahre!!! Drei lange Jahre Haft, und davor eine Therapiezeit von ungewisser Dauer.

Der wehmütige Blick Inges, den er nicht vergessen konnte, schnürte ihm die Kehle zu. Wie sollte er das alles überstehen? Die anderen Mitpatienten schienen die Zeit mit stoischer Ruhe abzusitzen. Die meisten hatten gar nicht die Absicht, sich helfen zu lassen und von ihrer Sucht freizukommen. Sie lebten in den Tag hinein, genossen ihren täglichen Ausgang im Hof und warteten nur darauf, wieder in ihr altes Milieu zurückkehren zu können. Um ihre Entzugserscheinungen wenigstens etwas zu lindern, ersannen sie allerlei Tricks, um an Alkohol heranzukommen, versuchten jedoch raffiniert, sich dabei nicht erwischen zu lassen. Die Folge wäre Verlängerung der Therapie auf unbestimmte Zeit gewesen.

So wurde Thomas Zeuge, wie mehrere Mitpatienten einen sogenannten "Fiffi" herstellten. Hierzu wurde Alkohol mittels Hefe, Zucker und Wasser angesetzt und nach entsprechender Gärung mit Fruchtsaft verfeinert. Fünf Kaffeegläser wurden gefüllt und in verschiedenen Mülleimern deponiert. Einen großen Kochtopf voll Flüssigkeit stellten sie in den Schrank auf dem Flur. Katschmann, sein Zimmergenosse, stellte zwei Gläser voll in den Mülleimer neben Thomas' Bett. Thomas hatte vergeblich gebeten, die Gefäße zu entfernen, fürchtete er doch, als Mittäter verdächtigt zu werden, wenn die Sache aufflog. Sie beachteten seine Einwände gar nicht und ließen ihn stehen. Thomas entschloß sich, die Sache zu melden. Er ging ins Büro und sagte, was zu sagen war. Schwester Monika und Schwester Nicole hatten Dienst. Schwester Monika verließ nach seiner Aussage das Zimmer. Kurz danach wurde Katschmann zur Verwaltung gerufen. Thomas hatte ein schlechtes Gewissen. Bei der darauf folgenden gründlichen Stationsdurchsuchung wurde der Drei-Liter-Topf im Schrank entdeckt. Der Stationsleiter verhängte Sanktionen. Statt der täglichen drei Stunden im Freien, in denen sportliche Aktivitäten genutzt wurden, gab es nur noch eine. Weiter sollte, falls die Verantwortlichen sich nicht meldeten, auch der Grillabend in der nächsten Woche ausfallen. Es wurde eine Bedenkzeit bis zum Abend gewährt. Dann fand eine neue Gruppenrunde statt. Thomas hatte plötzlich Angst. Alle starrten ihn haßerfüllt an. Keiner gab die Tat zu. Es wurde sofortige Nachtruhe angeordnet und verboten, fernzusehen oder Radio zu hören. Außerdem wurde das Licht gelöscht.

Sie griffen sich ihn gegen Mitternacht. Er war gerade in einen unruhigen Schlaf gesunken, als starke Arme ihn erfaßten und aus dem Bett zerrten. Bevor er einen Hilferuf ausstoßen konnte, wurde er mit einem übelriechenden Stofffetzen geknebelt und mit Händen und Füßen an einen Stuhl gefesselt.

"So, du Arschloch!" zischte eine ihm bekannte Stimme. "Jetzt wirst du uns erzählen, warum unser "Fiffi" aufgeflogen ist. Könnte es sein, daß du deine dreckigen Finger im Spiel hattest?"

Thomas geriet in Panik. Die Luft wurde ihm knapp und ein würgendes Gefühl machte sich in seiner Kehle breit.

Die zischelnde Stimme kannte er genau. Sie war Synonym für gnadenlose Brutalität, die sich durch langen Alkoholentzug täglich steigerte. Allen war diese Gefahr bewußt und sie hüteten sich, "Zischler", wie er wegen seiner pfeifenden Aussprache heimlich genannt wurde, zu verärgern. Seine Angst wuchs. Wenn sie herausbekamen, daß er sie verraten hatte, war er erledigt.

Er schüttelte den Kopf und sofort spürte er einen die Sinne raubenden Schmerz auf seiner Brust. Geruch verbrannten Fleisches breitete sich aus und das glühende Ende einer Zigarette leuchtete auf, als "Zischler" genüßlich daran zog. Wieder fühlte er einen brennenden Schmerz, diesmal an seinem linken Oberschenkel.

Gleißendes Licht drang ihm in die Augen. Der starke Strahl einer Taschenlampe blendete ihn. Und jetzt drohte sich sein Bewußtsein auszuschalten, als eine weitere Zigarette auf seinem rechten Oberschenkel ausgedrückt wurde.

"Wenn du es zugibst, lassen wir dich in Ruhe", hörte er nun "Zischlers" höhnische Stimme. Ein Feuerzeug flackerte auf und stinkender Tabakqualm wurde ihm ins Gesicht geblasen. "Du brauchst nur mit dem Kopf zu nicken, wenn ich dich noch einmal frage", drang "Zischlers" Stimme wieder in sein Bewußtsein.

"Warst du es?"

Thomas schüttelte den Kopf. Sofort traf ihn ein wuchtiger Schlag in die Magengrube, der seine Gedärme zu zerreißen drohte und die dicht vor seinen Augen aufglühende Spitze der Zigarette signalisierte ihm erneut die brutale Entschlossenheit seiner Kontrahenten. Übelkeit überflutete ihn. Wenn du jetzt kotzen mußt, wirst du unweigerlich ersticken, fuhr es ihm siedendheiß durch den Kopf. Er geriet in Panik. Mit dem stinkenden Knebel im Mund war er verloren. Trotz dieser prekären Situation war er aber noch immer nicht bereit, seinen Verrat zuzugeben. Er beschloß, zunächst eine Ohnmacht vorzutäuschen, um seine Peiniger in Unruhe zu versetzen. Wieder würgte er und sein Gesicht färbte sich bläulich.

"Scheiße, du bringst ihn um!" stieß Katschmann keuchend hervor, und berührte unsanft "Zischlers" Schulter. "Das ist doch die ganze Sache nicht wert."

"Zischler" fuhr herum und warf ihm einen furchteinflößenden Blick zu, spürte aber instinktiv den Ernst der Situation. Mit einem Ruck befreite er Thomas von dem Knebel und massierte mit heftigen

Handbewegungen dessen Brust. Thomas stieß einen qualvollen Schrei aus, der all seine Schmerzen zum Ausdruck brachte. Die anderen sprangen auf und stürmten zur Tür. Doch Zischler hielt sie mit einem gefährlichen Unterton in der Stimme zurück.

"Bleibt hier, ihr Feiglinge!" fauchte er. "Wenn es mich erwischt, kriegen sie auch Euch am Arsch. Ich habe nichts zu verlieren."

Im Bereitschaftszimmer wurden die zuständigen Pfleger von den lauten Stimmen alarmiert. Sie stürmten auf den Flur und versuchten zunächst, die Herkunft der Hilfeschreie zu orten. Gewohnt an viele nächtliche Eskapaden ihrer Patienten und gewarnt durch die ungeklärte "Fiffiaktion" vermuteten sie richtigerweise eine Bestrafungsaktion des Verräters.

Als erster wurde "Zischler", der als Rädelsführer bekannt war, überwältigt. Er gab sofort jeden Widerstand auf, da er in der geschlossenen Abteilung ohnehin keine Chance zur Flucht hatte. Er wurde in einen separaten Raum gebracht und dort eingeschlossen. Die anderen Mittäter, deren Gefährlichkeit weniger gering eingeschätzt wurde, wenn sie von "Zischlers" Einflußbereich entfernt waren, wurden auf ihre Zimmer gebracht. Der diensthabende Stationsarzt versorgte Thomas ärztlich und bestrich die versengte Haut mit einer kühlenden Brandsalbe.

Am nächsten Morgen wurden weitere Strafen verhängt.

Kapitel 15

Karin Maurer schlürfte gierig den heißen Kaffee, den ihr die Pflegerin gerade serviert hatte. Die Morgensonne überflutete die Terrasse mit ihren warmen Strahlen und ließ trotz der bestehenden Sorgen eine Art Glücksgefühl in ihr aufkommen. Die Natur hatte sich voll entfaltet. Der Blick in den wunderschönen Park war malerisch. Auf dem künstlich angelegten Teich tummelten sich Enten, Schwäne und andere Wasservögel und stellten ihr prächtiges Gefieder zur Schau. Mächtige Feuerdorne in voller Blüte, Zierjohannisbeersträucher und Forsythien säumten die Umrandung. Eine Trauerweide ließ ihre hängenden Äste auf der Wasseroberfläche treiben und saugte das frische Naß förmlich in sich auf.

Die Reha-Klinik, in der Karin sich seit einigen Tagen befand, war neu errichtet und vor einigen Wochen mit großem Medienspektakel eröffnet worden. Die Finanzierung war aus dem Vermögen eines wohlhabenden Geschäftsmanns erfolgt, der für diese Zwecke eine Stiftung ins Leben gerufen hatte. Sie sollte Mitbürgern, die unverschuldet durch Gewalteinwirkung in Not geraten waren, über das

Gröbste hinweghelfen.

Die Diagnose der Ärzte hatte sich bestätigt und Karin mußte sich darauf einstellen, den Rest ihres Lebens im Rollstuhl verbringen zu müssen.

Die idyllische Ruhe im Park versetzte sie in einen tranceähnlichen Zustand, obwohl sie eben erst nach einem erholsamen Schlaf das Bett verlassen hatte. Sie gewöhnte sich nur langsam daran, auf die Hilfe anderer angewiesen zu sein. Doch irgendwie genoß sie es auch, einmal umsorgt zu werden, ohne sich große Gedanken über den Tagesablauf machen zu müssen.

Sie erschrak.

Bist du schon so weit, daß du dein Schicksal einfach hinnimmst? Was soll aus deinem Kind werden, wenn du schon zu sonst nichts mehr taugst? Willst du nicht mehr kämpfen, dich auflehnen, wie du es seit deiner Jugend getan hast?

Sie ließ ihr Leben Revue passieren und glitt in die Vergangenheit.

Als älteste von drei Geschwistern war sie in einer streng konservativen Familie groß geworden. Ihr Vater, leitender Angestellter in einer renommierten Firma, achtete auf ihren guten Ruf, behinderte jedoch den natürlichen Verlauf ihrer Entwicklung nicht.

Mit sechzehn hatte sie Thomas auf einer Party kennengelernt. Sein zurückhaltendes Auftreten hatte sie, selbst voller Power und Ungeduld, zunehmend aufgestachelt. Sie wollte ihn becircen und seine Schüchternheit näher ergründen.

Sie sah sich auf ihn zugehen und unverblümt fragen: "Willst du mit mir tanzen?"

Thomas schaute verblüfft auf.

Ihm war das gertenschlanke, schwarzhaarige Mädchen bereits aufgefallen, doch traute er sich nicht, es anzusprechen. Wie immer überließ er alles dem Zufall, der sein Schicksal schon lenken würde. Insgeheim sehnte er sich nach Zärtlichkeit und Nähe, hatte aber Angst, sich seinen Gefühlen zu stellen. Er war in seiner Familie nicht sonderlich mit Zuneigung verwöhnt worden und hatte auch seine Eltern nie in einer eindeutigen Situation gesehen. Deshalb mußte er sich auch dazu zwingen, die Beziehung zu einem Mädchen locker und leicht zu nehmen. Was soll eigentlich passieren, sagte er sich dann. Wenn sie dich nicht will, hast du nichts verloren.

Karin hatte ihn genau analysiert und ihre Aufforderung hatte Erfolg. Es war ihr gelungen, ihn aus der Reserve zu locken und jetzt tanzten sie engumschlungen miteinander.

Thomas war verwirrt. Ein so hübsches Mädchen zeigte Interesse an ihm? Deutlich spürte er ihre Rundungen, die sich weich unter ihrem dünnen Sommerkleid abzeichneten. Erregung überflutete ihn. Zeig ihr bloß nicht, daß du auf sie reagierst, fuhr es ihm durch den Kopf und sofort zog er sich zurück. Er schämte sich seiner Regung und hatte Angst, sich zu blamieren, wenn sie es merken würde. Das aber war längst geschehen und Karin freute sich über ihre Wirkung. Jetzt hatte sie ihn an der Angel und würde so schnell nicht von ihm lassen. Er gefiel ihr und seine schüchterne Art ließ die Gegensätze zwischen ihnen nur anziehender werden.

Die Party trieb mittlerweile ihrem Höhepunkt zu. Anlaß war der bevorstehende achtzehnte Geburtstag einer Mitschülerin, die mit Karin das Gymnasium in Koblenz besuchte. Diese war zwar zwei Klassen weiter als Karin, beide hatten sich aber auf dem Schulhof angefreundet und festgestellt, daß sie viele gemeinsame Interessen hatten. Hin und wieder nutzten sie ihre Freizeit für sportliche Aktivitäten und hatten viel Spaß miteinander.

"Noch fünf Minuten", rief ein gutaussehender schwarzgelockter Jüngling in die Runde, "füllt schon mal die Gläser nach, damit wir gleich auf unsere Gastgeberin anstoßen können."

Karin löste sich von Thomas und flüsterte ihm etwas ins Ohr.

Der Film, der ihr eine entscheidende Szene aus der Vergangenheit vor Augen geführt hatte, wurde jäh unterbrochen, als eine dröhnende, fröhliche Stimme an ihr Ohr drang und sie in die Gegenwart zurückholte.

"So läßt sich's leben!" hörte sie ihren Vater sagen und hielt ihm kurz darauf ihre Wange zur Begrüßung hin. Er beugte sich über sie und wollte sie stürmisch umarmen. Dabei entfielen ihm ein ganzer Packen von Zeichnungen und Schriftstücken, die er sich unter den Arm geklemmt hatte und flatterten in Karins Schoß.

"Was hast du denn da alles mitgebracht?" fragte sie erstaunt. "Altpapier gehört doch in die grüne Tonne und nicht hierher in den Klinikpark."

Ihr Vater straffte sich und schaute sie spitzbübisch an.

"Von wegen Altpapier", sagte er lächelnd, "auf diesen Blättern kündigt sich jede Menge Neues an."

"Was hast du vor?"

"Was soll ich vorhaben! Du hast etwas vor!"

"Ich? Nun schieß schon los und spanne mich nicht auf die Folter."

"Auf diesen Plänen wird eine völlig neue Wohnung für dich geschaffen, mein Kind, die du nach Beendigung deines Aufenthaltes hier mit Jörg beziehen wirst."

Karin blieb vor Überraschung der Mund offenstehen. Sie faltete die zuoberst liegende Zeichnung auseinander und sah neben dem Grundriß ihres Elternhauses einen geräumigen Anbau, der aus mehreren Zimmern bestand.

"Es ist alles so geplant, daß du dich überall frei bewegen kannst", sagte ihr Vater und setzte sich zu ihr.

"Das könnt ihr doch nicht machen!" rief sie bewegt. "Wer soll denn das alles bezahlen?"

"Das laß mal unsere Sorge sein. Schließlich haben wir etwas gespart und die Banken bieten auch ihre Dienste an. Soll unsere einzige Tochter nicht alles bekommen, was ihr zusteht?"

"Aber Vater!" sagte sie schluchzend. Tränen traten ihr in die Augen und die ganze selbstlose Fürsorge ihrer Eltern wurde ihr erneut bewußt. Dankbar ergriff sie seine Hand und drückte sie fest. Lächelnd entzog er sich ihr, um seine eigene Rührung zu verbergen. Er griff schnell nach einem anderen Blatt und erläuterte Karin das geplante Vorhaben eingehend.

Karin schneuzte sich in ihr Taschentuch und wischte die Tränen fort. Jetzt konnte sie wieder klarer sehen und die Pläne eingehend studieren.

Plötzlich hielt sie inne und schaute ihren Vater fragend an: "Aber was soll aus unserem gemeinsamen Haus im Westerwald werden? Thomas wird sicher mit einem Verkauf nicht einverstanden sein."

"Danach fragen wir nicht!" sagte ihr Vater brüsk. Unversöhnlichkeit sprach aus seinen weiteren Worten: "Nach allem, was dieser Mensch dir und den Kindern angetan hat, werden wir ihn zum Verkauf zwingen, notfalls mit gerichtlicher Hilfe."

"Sollen wir wieder endlose Gerichtsverfahren über uns ergehen lassen?"

Besänftigend nahm er sie in den Arm und sagte: "Ich habe mich bereits erkundigt. Sollte er sich weigern, kannst du deinen Anspruch auf Aufhebung der Bruchteilsgemeinschaft im Wege einer sogenannten Teilungsversteigerung durchsetzen. Dieses Verfahren wird dich weniger belasten, weil du alles schriftlich erledigen kannst und nicht vor Gericht erscheinen mußt. Notfalls kann dein Anwalt alles für dich regeln. Sollte das Haus versteigert werden, wird der Übererlös nach Abzug aller Kosten geteilt. Das wäre doch eine faire Lösung."

"Ich weiß nicht, Vater, ob ich die Kraft für eine weitere Auseinandersetzung habe. Mein Ex-Mann wird womöglich wieder durchdrehen und Gott weiß was anstellen, wenn er das Haus aufgeben muß. Wir sind schließlich gewarnt."

Ihr Vater beugte sich zu ihr herab und nahm ihre Hand in die seine.

"Bis der wieder rauskommt ist die Sache gelaufen. Sollte er aber vorzeitig auf Bewährung entlassen werden, wird er sich vor weiteren unbesonnenen Taten hüten müssen."

"Aber wo soll er denn dann hin", wandte sie hilflos ein, und merkte plötzlich, daß sie ihn immer noch in Schutz nahm. "Das Haus war doch sein Lebensmittelpunkt."

"Na und!" rief ihr Vater jetzt erregt. "Hat er danach gefragt, ob der Verlust der gewohnten Umgebung für die Kinder einfach war? Du brauchst ihn nicht zu schonen. Dazu gibt es überhaupt keinen vernünftigen Grund. Mit dem hälftigen Anteil, den er bekommt, kann er gut leben. Er soll sich halt eine Wohnung suchen. Du hast es ja auch tun müssen."

"Du hast ja recht", gab sie klein bei. "Eine Regelung muß gefunden werden. Schließlich habe ich für das Haus auch mitgeschuftet."

Er legte ihr den Arm um die Schultern und drückte sie an sich.

"Braves Mädchen", sagte er zärtlich. "Die alte Kämpferin erwacht. Nimm dir, was dir zusteht und mache aus deiner jetzigen Situation das Beste."

Karin lächelte.

"Warum hast du Jörg und Mama nicht mitgebracht?"

"Die beiden kommen gleich nach. Deine Mutter wollte noch etwas für dich besorgen. Du kennst sie ja. Kein Besuch, wo auch immer, ohne ein Mitbringsel."

Karin lächelte erneut. Ein wehmütiges Gefühl durchströmte sie. Gleich würde sie ihren Jungen, den sie sehr vermißte, wiedersehen. Sollten die Pläne ihrer Eltern in die Tat umgesetzt werden können, hatte sie das große Los gezogen. Sie würden sich um Jörg und sie aufopfernd kümmern. Vor der Zukunft brauchte sie keine Angst mehr zu haben.

"Wir werden die Umbaumaßnahmen unverzüglich in die Wege leiten", kam ihr Vater auf das Hauptthema zurück. "Bis zur Fertigstellung werden wir dir jedwede Unterstützung zukommen lassen, solltest du noch einmal in deine alte Wohnung zurückkehren wollen."

"Ich danke euch, Vater", sagte sie ergriffen und zog ihn an sich.

Jetzt kam auch ihre Mutter mit Jörg quer über den Rasen marschiert. Als der Junge sie sah, rannte er los und flog ihr förmlich entgegen. Der Rollstuhl geriet gefährlich ins Wanken, als beide sich in den Armen lagen.

Zweiter Teil

1995-1997

Kapitel 16

Diplom-Rechtspfleger Alexander Becker saß an seinem Schreibtisch und hatte sich in einen komplizierten Vorgang vertieft.

Mehrmals mußte er einen Kommentar zu Hilfe nehmen, um das schwierige rechtliche Problem zu lösen.

Seit seinem Erlebnis in Mostar hatte sich seine abenteuerliche Neigung etwas verflüchtigt und er war innerlich zur Ruhe gekommen. Mit nunmehr siebenundvierzig Jahren spürte er, daß solcherlei Aufregungen seinem Blutdruck und seinen sonstigen Wehwehchen nicht förderlich waren. Die Jahre waren auch an ihm nicht spurlos vorübergegangen und sein dunkles Haar färbte sich langsam grau. Er besuchte regelmäßig ein Fitneßstudio, um den beginnenden Bauchansatz in Grenzen zu halten. Zusätzlich hielt er sich nach Dienstschluß durch mehrere Kilometer Radfahren fit. Dies gelang ihm zwar nicht jeden Tag, doch versuchte er, den inneren Schweinehund zu überwinden und seinem Vorsatz treu zu bleiben.

Er griff zur nächsten Akte und stellte fest, daß es sich hierbei um einen Antrag auf Anordnung eines

Zwangsversteigerungsverfahrens zur Aufhebung der Gemeinschaft handelte. Eigentümer des Grundstücks waren die geschiedenen Eheleute Thomas und Karin Maurer. Er prüfte die Einzelheiten und erließ dann routinemäßig den Anordnungsbeschluß.

Er verfügte die Zustellung des Beschlusses an den Antragsgegner und die einfache Übersendung an den Prozeßbevollmächtigten der Antragstellerin.

Weiter forderte er die Vorlage einer Flurkarte des Katasteramtes und ersuchte das zuständige Finanzamt um Mitteilung des Einheitswertes des Grundstücks. Letztlich notierte er eine Frist von zwei Wochen, nach deren Ablauf ihm die Akten wieder vorgelegt werden sollten.

Nach Eingang der Flurkarte und des Grundbuchauszuges mußte ein vereidigter Sachverständiger mit der Erstellung eines Verkehrswertgutachtens beauftragt werden. Die Festsetzung des Verkehrswerts war notwendig, weil der Gesetzgeber einen Zuschlag unter dem halben Grundstückswert nicht zuließ.

Er überprüfte noch einmal alle Einzelheiten und gab dann die Akte in den Schreibdienst.

Es handelte sich wie gesagt um ein Routineverfahren für ihn, eines von vielen, mit denen er sich jeden Tag befassen mußte. Deshalb kam es ihm auch nicht in den Sinn, daß gerade dieser Fall ihm noch unzählige schlaflose Nächte bereiten würde. Zwar war er es gewohnt, daß die Betroffenen um die Erhaltung ihres Eigentums kämpften und dabei auf allerlei abwegige Ideen kamen, doch die Durchführung dieses Verfahren sollte alle vorhergehenden in den Schatten stellen.

Er stand auf und trat ans Fenster. Der gewohnte frühere Ausblick auf den idyllisch vorbeifließenden Bach war nicht mehr vorhanden, doch auch die neue Umgebung sagte ihm außerordentlich zu. Er hatte sich aus persönlichen Gründen von dem kleinen hessischen Amtsgericht, bei dem er über 10 Jahre tätig gewesen war, an ein Amtsgericht im Westerwald versetzen lassen, das nur wenige Kilometer hinter der Landesgrenze in Rheinland-Pfalz gelegen war. Hier war er nunmehr für die Bearbeitung von Grundbuch- und Zwangsversteigerungsverfahren zuständig.

Kapitel 17

Thomas hatte nach erfolgreichem Abschluß der Therapie die ihm auferlegte Freiheitsstrafe in der Justizvollzugsanstalt angetreten und fast zwei Jahre verbüßt. Er hatte sich von Anfang an in den alltäglichen Ablauf nahtlos eingefügt und hoffte nun wegen guter Führung nach Ablauf von Zweidritteln der Strafe auf restliche Bewährung entlassen zu werden. Ein entsprechender Antrag war von seinem Anwalt vor kurzem bei der Strafvollstreckungskammer des Landgerichts eingereicht worden. Im Rückblick erinnerte er sich, daß er sich nach einigen Wochen an die neue Lebenssituation gewöhnt hatte. Er ging täglich zur Arbeit in die Druckerei und hatte bald eine ausgesprochen gute Fertigkeit im Drucken und Binden von Büchern und sonstigen Schriftstücken entwickelt. Alle zwei Wochen besuchte ihn seine Freundin und sie durften sich zwei Stunden lang im Aufenthaltsraum unterhalten.

Heute war es wieder soweit. Er freute sich auf Inge, weil sie ihm bei all seinen Sorgen und Problemen stets behilflich war und diese zum Teil ausräumen oder zumindest lindern konnte. Heute hatte er den Beschluß des Amtsgerichts über die Anordnung der Zwangsversteigerung erhalten. Er war außer sich und entsetzt über das Vorgehen seiner geschiedenen Frau. Er wollte auf alle Fälle sein Haus behalten und nach Verbüßung der Strafe dort wieder wohnen. Doch sah er keine Möglichkeit, wie er Karin bei Übernahme deren Anteils hätte auszahlen können. Nach seiner Verhaftung hatte ihm sein Arbeitgeber fristlos gekündigt und eine Wiederbeschäftigung nach Verbüßung der Strafe ausgeschlossen. Von den geringen Einkünften, die er mit seiner Arbeit in der Justizvollzugsanstalt erzielte, konnte er gerade so über die Runden kommen. Nach seiner Entlassung würde ihm nichts anderes übrigbleiben, als Arbeitslosengeld oder Sozialhilfe zu beantragen, sollte er keine neue Anstellung finden. Bisher hatte er die mehrmaligen Vorstöße von Karins Anwalt, dem Verkauf des Hauses zuzustimmen, abgelehnt.

Das Alkoholproblem schien er im Griff zu haben, denn die Entzugserscheinungen waren weitgehend gewichen. Zu Hilfe kam ihm, daß er keine Gelegenheit hatte, an Alkohol heranzukommen und es auch nicht wollte. Er hoffte, daß er nach seiner Entlassung nicht mehr rückfällig werden würde. Er durfte nicht daran denken, was noch alles auf ihn zukam. Waren diese Schwierigkeiten zu bewältigen oder lief er Gefahr, alles wieder im Suff zu ertränken?

Diese Frage war ihm wichtig und er baute auf Inges Unterstützung.

Eine seltsame Unruhe hatte ihn erfaßt und er konnte es kaum erwarten, die nächsten zwei Stunden mit ihr gemeinsam zu verbringen.

Er saß bereits im Besucherraum und schaute durch die Glasscheibe in den Anmeldebereich. Dort sah er hinter anderen Besuchern Inges blonden Pferdeschwanz wippen. Wenig später wurde sie von einem Aufseher zu ihm gebracht.

Sie fielen sich in die Arme und küßten sich. Diese Zärtlichkeit hatte sich bei den vergangenen Besuchen und Gesprächen entwickelt. Mehr war bisher nicht gewesen, weil sie immer unter Beobachtung standen.

Inge hatte in letzter Zeit eine starke Anziehungskraft auf ihn ausgeübt, wohl auch wegen seines in letzter Zeit zunehmend stärker gewordenen Gefühls der Einsamkeit. Es war aber nicht gestattet, intime Beziehungen zueinander aufzunehmen.

"Da bist du ja endlich", stieß er heiser hervor, als sie sich aus ihrer Umarmung lösten. "Ich habe so sehr auf dich gewartet." Inge spürte intuitiv, daß es ihm heute nicht besonders gut ging und fragte: "Was ist mit dir? Stimmt was nicht?"

Thomas zog wortlos den Briefumschlag aus der Tasche und reichte ihn ihr.

Inge nahm das Schriftstück heraus und las es aufmerksam durch.

"Das darf doch nicht wahr sein!" rief sie erregt. "Wollen sie dich jetzt völlig fertigmachen? Warum gibt deine Exfrau nicht mal Ruhe, bis du dich etwas gefangen hast? Diese Sache kann doch erst geklärt werden, wenn du wieder draußen bist!"

Resigniert ließ sie die Arme sinken. "Wenn sie schon nicht aufgibt, hättest du vielleicht doch einer gütlichen Einigung zustimmen sollen."

Thomas unterbrach ihren Wortschwall.

"Sie haßt mich. Nach allem, was ich ihr angetan habe, kann ich es fast verstehen."

Inge wurde zornig und ihre Halsschlagader schwoll gefährlich an.

"Die alte Leier, Thomas, sagte sie entnervt, "wie lange soll ich mir das noch anhören? Du nimmst sie wieder mal in Schutz."

Erregt ging sie auf und ab. "Zugegeben", fuhr sie fort,

"ihr Schicksal wurde von dir besiegelt, aber es ist nichts mehr daran zu ändern."

"Freiwillig werde ich mein Haus nicht aufgeben, das weißt du, und auszahlen kann ich sie auch nicht."

Thomas wandte sich ab und nahm eine störrische Haltung ein. Die Stimmung wurde angespannt. Inge hatte über kurz oder lang mit dieser Situation gerechnet. Thomas hatte ihr bereits vor Wochen erzählt, daß Karins Anwalt ihm mehrmals den Verkauf des Hauses angetragen, er jedoch nicht darauf reagiert habe. Sie wußte, wie sehr er daran hing. Gesehen hatte sie es noch nicht, konnte sich aber aus seinen begeisterten Schilderungen ein eindrucksvolles Bild machen.

"Was willst du jetzt tun?" fragte sie, und versuchte, die Spannung aus der Unterredung zu verbannen. "Du weißt, daß ich dir alle Unterstützung gewähre. Du kannst jederzeit mit meiner Hilfe rechnen."

Thomas wandte sich um und griff nach ihrer Hand.

"Ich habe die Rechtsmittelbelehrung gelesen und werde erst mal die einstweilige Einstellung des Verfahrens beantragen. Die Zweiwochenfrist ist noch nicht abgelaufen. Vielleicht kann ich einen Aufschub bis zu meiner Entlassung erreichen. Ich kenne mich zwar mit diesem ganzen juristischen Kram nicht aus, denke aber, daß das meine einzige Chance ist."

"Vielleicht sollten wir einen Anwalt einschalten", sagte Inge. "Die Angelegenheit ist viel zu kompliziert, um von uns Laien bewältigt zu werden."

"Dafür habe ich kein Geld", sagte er resigniert und stierte gedankenverloren auf die Tischplatte.

"Ich werde es dir leihen!"

"Das kann ich nicht annehmen. Ich bin froh über deine Unterstützung, aber finanziell sollst du dich nicht engagieren."

"Das laß' mal meine Sorge sein. Immerhin ist mir deine Lage nicht gleichgültig und ich werde alles versuchen, um unsere Beziehung in die richtigen Bahnen zu lenken."

Sie stand auf und ging zu dem in der Ecke stehenden Kaffeeautomaten. Sie warf ein Geldstück ein und bediente die entsprechende Taste. Zischend schoß der Kaffee in die Tasse und verbreitete ein wohlriechendes Aroma in dem kalten Raum.

Sie kam zurück und stellte eine Tasse vor Thomas hin.

"Trink' erst mal einen Schluck, dann wirst du dich besser fühlen. Wir können die Sache nur mit höchster Wachsamkeit angehen und dürfen uns vor nichts fürchten. Schließlich geht es um eine Menge."

Thomas schlürfte das belebende Getränk und fühlte sich zunehmend besser. Was würde ich tun, dachte er, wenn ich nicht eine solch zupackende Frau gefunden hätte. Womit habe ich das eigentlich verdient?

Er faßte seine Gedanken in Worte und sagte Inge, daß es ihm unerklärlich sei, warum sie sich so für ihn einsetze.

"Laß' den Unsinn und konzentriere dich auf das Wesentliche", wies sie ihn zurecht. "Wenn du noch immer nicht kapiert hast, was mir an dir liegt, kann ich dir nicht helfen."

Er schob die Hand unter ihren Rock und streichelte sie zärtlich. Sofort hüstelte der Aufseher und warf ihm einen scharfen Blick zu. Resigniert zog er die Hand zurück und schaute Inge hilflos an.

"Wenn ich hier raus bin, will ich nur noch mit dir zusammensein", stöhnte er und stand auf. "Ich weiß nicht, wie ich die nächsten Wochen noch hinter mich bringen soll. Ständig wird man beobachtet und bevormundet. Ich halte das nicht mehr aus. Du glaubst ja nicht, wie deprimierend es ist, als Gefangener leben zu müssen. Wenn ich nicht für das letzte Jahr Bewährung bekomme, werde ich wahnsinnig."

Unruhig ging er auf und ab.

"Jetzt beruhige dich doch, Thomas!" rief sie ihm energisch zu. "Du schaffst es, das weiß ich. Wenn du dich weiterhin gut führst, steht deiner vorzeitigen Entlassung auf Bewährung doch nichts im Wege. Sicher wirst du in den nächsten Tagen eine Entscheidung bekommen. Du darfst nur nicht aufgeben."

"Ich kann aber nicht mehr lange durchhalten. Ich habe Sehnsucht nach dir und will bei dir sein, ohne daß ein Aufseher mir sagt, was ich tun und lassen soll."

Inge war ratlos. In diesem Zustand hatte sie ihn in den letzten Monaten nicht erlebt. Sie mußte sich etwas einfallen lassen, um ihn zu besänftigen. Er hat sich noch immer nicht gefangen, dachte sie. Es wird schwer sein, ihn wieder ins Lot zu bringen. Hoffentlich schaffst du es. Die Vorwürfe ihrer Mutter fielen ihr wieder ein und sie fragte sich wiederholt, ob diese nicht doch Recht hatte. Warum tat sie sich das an? Es gab doch noch andere Männer, mit denen es einfacher war. Warum hatte sie nicht so einen kennengelernt.

Plötzlich verlor sie jede Zuversicht und sah auf die Uhr. Die Besuchszeit neigte sich ihrem Ende entgegen und darüber war sie plötzlich froh.

Thomas bemerkte es und kam an den Tisch zurück.

"Es tut mir leid, daß ich heute nicht gut drauf bin", versuchte er die Lage zu entschärfen. "Wenn du jetzt gehst, bist du sicher froh, daß es für heute vorbei ist."

"Was redest du da", sagte sie schweren Herzens und wußte innerlich, daß er sie durchschaut hatte, "es gibt gute und schlechte Tage. Also vergessen wir die heutigen Probleme und hoffen auf bessere Zeiten. Ich werde mich morgen mit deinem Anwalt in Verbindung setzen und ihn bitten, dich wegen der weiteren Schritte aufzusuchen."

Der Aufseher räusperte sich und sah auf die Uhr.

"Die Besuchszeit ist zu Ende", sagte er barsch und forderte Inge zum Gehen auf.

"Halt die Ohren steif, Thomas!" flüsterte sie ihm flehentlich zu. "Ich bin bald wieder hier und kann dir sicher positive Nachrichten überbringen. Verlaß dich auf mich und vergiß mich nicht."

Sie umarmte ihn. Wie ein Ertrinkender klammerte er sich an sie und ließ sie nicht mehr los. Mit Gewalt befreite sie sich und winkte ihm noch einmal zu. Dann verließ sie den Raum. Tränen standen ihr in den Augen und ein Gefühl der Hoffnungslosigkeit überschwemmte sie. Am nächsten Tag suchte sie seinen Anwalt auf und überreichte ihm die Ausfertigung des Beschlusses nebst Abschrift des Versteigerungsantrags. Sie bat ihn, Thomas in den nächsten Tagen in der JVA aufzusuchen und die Möglichkeit eines Antrags auf einstweilige Einstellung des Verfahrens mit ihm zu erörtern.

Kapitel 18

Alexander Becker hatte gerade eine Tasse Kaffee getrunken und sah anschließend die ihm heute vorgelegten Akten durch. Dabei fiel ihm sofort der Antrag auf einstweilige Einstellung des Verfahrens in der Sache Maurer gegen Maurer ins Auge. Der Antrag wurde auf § 180 Abs. 2 Zwangsversteigerungsgesetz (ZVG) gestützt und war von einem Rechtsanwalt eingereicht worden.

Nach dieser Vorschrift ist auf Antrag eines Miteigentümers die einstweilige Einstellung des Verfahrens auf die Dauer von längstens sechs Monaten anzuordnen, wenn dies bei Abwägung der widerstreitenden Interessen der Miteigentümer angemessen erscheint.

Zur Begründung wurde im wesentlichen ausgeführt, daß der Antragsgegner sich derzeit in Haft befinde und daher keine Möglichkeit habe, sich gründlich mit den Verfahrensumständen auseinanderzusetzen. Seine dreijährige Haftstrafe sei in vier Wochen zu Zweidrittel verbüßt und die Aussetzung der Reststrafe auf Bewährung bereits bewilligt worden. Dieser Umstand rechtfertige die einstweilige Einstellung auf die Dauer von sechs Monaten.

Becker prüfte zunächst den Verfahrensstand und stellte fest, daß die vor kurzem angeforderten Unterlagen noch nicht zu den Akten gelangt waren. Er ordnete an, eine Abschrift des Antrags dem Vertreter der Antragstellerin zur Stellungnahme zu übersenden und gewährte der Gegenseite damit das vorgeschriebene rechtliche Gehör.

Nach einer Woche lag der Schriftsatz von Karins Anwalt vor. Erwartungsgemäß wurde beantragt, den Antrag auf einstweilige Einstellung zurückzuweisen, da mit dem Antragsgegner eine gütliche Einigung im Sinne eines Verkaufs des Grundstücks nicht möglich sei. Aufgrund der besonderen Umstände sei der Antragsgegner auch nicht in der Lage, den hälftigen Anteil der Antragstellerin zu erwerben. Es könne nicht damit gerechnet werden, daß er nach Entlassung aus der Haft über die entsprechenden Geldmittel verfüge. Da er aber einen freihändigen Verkauf ablehne und das Hausgrundstück selbst übernehmen wolle, was aussichtslos erscheine, sei Teilungsversteigerung geboten. Im übrigen wurde noch auf die schwierigen Verhältnisse und auf die gewalttätige Vergangenheit des Antragsgegners hingewiesen. So erfuhr Becker nähere Einzelheiten über die persönliche Situation der Beteiligten in den letzten Jahren. Er wog das Für und Wider der Argumente gegeneinander ab und sah wenig Chancen, dem Antrag auf einstweilige Einstellung stattgeben zu können.

Einziger Sinn und Zweck der sogenannten Teilungsversteigerung ist es, an die Stelle des in Natur nicht teilbaren Gegenstandes eine unter die Miteigentümer aufteilbare Geldsumme treten zu lassen. Antragsberechtigt ist jeder Miteigentümer. Er kann dies tun, ohne Gründe für sein Verlangen angeben zu müssen. Die einstweilige Einstellung muß bei Abwägung der widerstreitenden Interessen der Miteigentümer angemessen erscheinen, also ver- hindern, daß ein wirtschaftlich Stärkerer unter Ausnutzung vorübergehender Umstände die Versteigerung "zur Unzeit" durchsetzt, um einen wirtschaftlich Schwächeren zu unangemessenen Bedingungen aus dem Grundstück zu drängen.

Vor dieses Dilemma war Becker nun gestellt. Nach reiflicher Überlegung und Hinzuziehung verschiedener Gesetzeskommentare und mehrerer obergerichtlicher Entscheidungen erließ er dann folgenden Beschluß:

In der Zwangsversteigerungssache zur Aufhebung der Gemeinschaft Maurer gegen Maurer,

wird der Antrag des Antragsgegners Thomas Maurer vom 20.08.1996, das am 25.07.1996 angeordnete Zwangsversteigerungsverfahren auf die Dauer von sechs Monaten einstweilen einzustellen, zurückgewiesen.

Gründe:

Der Antrag auf einstweilige Einstellung des Verfahrens ist gemäß § 180 Abs. 2 ZVG zulässig, jedoch nicht begründet. Die Einstellung erscheint bei Abwägung der widerstreitenden Interessen der Miteigentümer nicht angemessen.

Nach Anhörung der Beteiligten geht das Gericht davon aus, daß eine einvernehmliche Regelung zur Zeit nicht möglich ist.

Gegenüber dem grundsätzlichen Auseinandersetzungsanspruch kann der Wunsch eines Beteiligten nach Aufschub nur in Ausnahmefällen zu einer Einstellung führen. Es muß sich um besondere Umstände handeln, die einen befristeten Aufschub angemessen erscheinen lassen. Das ist der Fall, wenn die sofortige oder alsbaldige Versteigerung "zur Unzeit" erfolgen würde, weil in der Einstellungszeit mit einer Veränderung wichtiger Umstände gerechnet werden kann.

In vorliegendem Verfahren scheint es aber ausgeschlossen, daß der Antragsgegner in seiner derzeitigen Situation Umstände herbeiführen kann, die ihm die Übernahme des hälftigen Anteils der Antragstellerin ermöglichen. Eine Einstellung ist nicht angemessen, wenn der Antragsgegner eine Übernahme anbietet, diese aber aussichtslos ist, weil er die Mittel zur Abfindung der Miteigentümerin weder hat noch sich während der Einstellungszeit beschaffen kann.

Das Gericht sieht bei der derzeitigen Wirtschaftslage auch keine Möglichkeit, wie der jetzt arbeitslose und noch inhaftierte Antragsgegner sich innerhalb von sechs Monaten eine neue Arbeitsstelle und daraus ausreichende Mittel zur Übernahme des Anteils und Auszahlung der Antragstellerin beschaffen will.

Daher sind in diesem Verfahren keine Umstände erkennbar, die innerhalb von sechs Monaten voraussichtlich behebbar wären und eine Versteigerung verhindern könnten. Es geht einzig und allein um die Frage, ob die Beteiligten eine außergerichtliche Einigung erzielen können.

Sollte dies, wie auch immer, gelingen, kann durch Rücknahme des Versteigerungsantrags das Verfahren jederzeit beendet werden. Tritt dieser Fall nicht ein, kann auch die einstweilige Einstellung hieran nichts ändern, sondern würde nur die unklaren Verhältnisse aus der Sicht der Antragstellerin weiter hinausschieben und ihren Anspruch auf Auseinandersetzung einschränken.

Ungeachtet dessen hat das Gericht bei Abweisung des Antrags gemäß § 180 Abs. 2 ZVG zu prüfen, ob Gründe für eine einstweilige Einstellung gemäß § 765 a Zivilprozeßordnung· (ZPO) gegeben sind. Diese Vollstreckungsschutzvorschrift ist jedoch nur anwendbar, wenn Gründe vorgetragen werden, die die Versteigerung für den Antragsgegner als sittenwidrige Härte rechtfertigen würden. Solche sind jedoch weder vorgetragen noch ersichtlich.

Aus vorstehenden Gründen war der Antrag daher zurückzuweisen.

> Das Amtsgericht
> gez. Becker
> Rechtspfleger

Er verfügte die Zustellung des Beschlusses an den

Vertreter des Antragsgegners. Förmliche Zustellung war vorgeschrieben, weil gegen den Beschluß die sofortige Beschwerde gegeben war, die binnen einer Frist von zwei Wochen ab Zustellung des Beschlusses eingelegt werden mußte. Einfache Übersendung an den Anwalt der Antragstellerin war ausreichend, weil ihrem Antrag entsprochen wurde.

Becker legte die Akten zur Seite und war sicher, daß seine Entscheidung auch im Falle einer Beschwerde vor dem Landgericht Bestand haben würde.

Das Telefon klingelte. Becker hob ab, und verdrehte die Augen. Seit Tagen wurde er von einem Querulanten belästigt, dessen Ehefrau zur Abgabe der eidesstattlichen Versicherung vorgeladen war und dies mit allen Mitteln verhindern wollte. Becker erklärte Zum-wer-weiß-wievielten-Male, daß Stundung nur mit Zustimmung des Gläubigers möglich sei und bei Verweigerung oder Nichterscheinen Haftbefehl drohe.

Dann legte er entnervt auf und wandte sich der nächsten Akte zu.

Kapitel 19

Obergerichtsvollzieher Frank Herrmann hatte seine heutigen Aufträge bis auf einen erledigt. Entnervt und schlechter Laune stieg er in seinen Wagen und steuerte die Behausung seines letzten Kunden an. Er ließ die Ereignisse des Tages Revue passieren und fragte sich zum Hundertsten Male, welcher Teufel ihn bei dem Entschluß geritten hatte, sich für diesen Beruf zu entscheiden.

Er war schon sehr früh in seinen Bezirk gefahren, weil er sich vor Vollstreckungsaufträgen kaum noch retten konnte. Die Arbeitsbelastung war durch die in der Justizverwaltung angeordneten Sparmaßnahmen drastisch gestiegen und eine Verbesserung der Lage war nicht in Sicht. Zahllose Probleme mit den Schuldnern waren ihm heute untergekommen. Zudem hatte er auf der stark bewaldeten Strecke seines Bezirks noch einem gottverdammten Rehbock ausweichen müssen, der plötzlich die Fahrbahn überquerte und seine weiteren Pläne fast zunichte gemacht hätte. Der Motor seines Wagens brummte monoton und vor Müdigkeit fielen ihm fast die Augen zu.

Er hatte mehrere Vollstreckungsaufträge gegen einen

Schuldner erhalten, der ihm bisher noch nicht bekannt war. Thomas Maurer war für ihn ein unbeschriebenes Blatt und er hoffte, den für heute letzten Auftrag ohne nennenswerte Komplikationen hinter sich bringen zu können. Mühelos nahm sein Wagen die steile Auffahrt zu der angegebenen Straße. Das neue Wohnviertel lag an einem Südwesthang und gab einen Blick auf das Rheintal und die hügeligen Erhebungen der Eifel frei. Er suchte nach der entsprechenden Hausnummer und hielt kurze Zeit später vor einem Einfamilienhaus an. Der mit verschiedenen Sträuchern und Gewächsen gepflegt angelegte Vorgarten fiel ihm als erstes ins Auge. Die sauber angelegte Hofeinfahrt wurde am Rand von mehreren Zwergkiefern gesäumt. Gewohnt an meist ungepflegte und schäbige Anwesen, fragte er sich, welch Einzelschicksal ihn wohl hier erwarten würde. Natürlich hatte er auch Kunden, die sich in gehobenen Kreisen bewegten, doch war dies eher die Ausnahme.

Er stieg aus und schaute sich um. Außer einem kleinen Kater, der ihn neugierig beäugte, sah er keine Menschenseele. Er ging zur Haustür und versuchte zunächst festzustellen, ob er an der richtigen Adresse war. Das Namensschild bestätigte ihm, daß hier Karin und Thomas Maurer zu Hause waren. Er klingelte, doch nichts rührte sich.

"Was wollen Sie?", hörte er hinter sich eine barsche Stimme, die ihn unvermittelt zusammenzucken ließ. Zudem kläffte ihn ein kleiner, giftiger Hund, der aus dem Nichts aufgetaucht war, energisch an und machte sich an seinen Hosenbeinen zu schaffen. Nur mühsam konnte er ihn mit seiner mit Vollstreckungsaufträgen prall gefüllten Aktentasche in Schach halten. Als alles nichts half, schlug er ihm die Tasche an den Kopf. Jaulend entfernte sich das Ungeheuer. Er war es gewohnt, ständig diesen Attacken ausgesetzt zu sein. Die meisten Schuldner hatten Hunde, und von Auftrag zu Auftrag wurden seine Hosenbeine mehr und mehr von geruchsspezifischen Merkmalen infiltriert. Ähnlich Postbeamten war auch er der gnadenlosen Verfolgung dieser Vierbeiner ausgesetzt, die die vorherigen Begegnungen mit ihren Artgenossen erschnüffelten.

Er wandte sich nun seinem Ansprechpartner zu und sah einen Mann, der ihm hohlwangig und unrasiert gegenüberstand.

Lauernde Wachsamkeit schlug ihm entgegen und plötzlich fröstelte er. Wenn ich heute unbeschadet nach Hause komme, dachte er, werde ich mir ein riesiges Glas Bier einschenken und die Füße auf den Tisch legen. Das habe ich mir redlich verdient.

"Mein Name ist Herrmann, Obergerichtsvollzieher Herrmann", sagte er nun, um der Sache Fortgang zu geben. "Ich habe Vollstreckungsaufträge verschiedener Gläubiger gegen Sie und außerdem eine vollstreckbare Urkunde eines Kreditinstitutes, die ich Ihnen zustellen muß."

Thomas erschrak und schaute sich hilflos um. Wo war nur Inge? Vor wenigen Minuten hatte er sie noch gesehen. Jäh erinnerte er sich an mehrere Mahn- und Vollstreckungsbescheide, die ihm in der JVA zugegangen waren. Er hatte sämtliche Zustellungen ignoriert und den Kopf in den Sand gesteckt. Solange ich hier bin, kann mir nichts passieren, hatte er seine Vogel-Strauß-Politik verteidigt. Nun holte ihn seine Gleichgültigkeit gnadenlos ein.

Die finanzierende Bank hatte Thomas' Inhaftierung natürlich erfahren und nach Einstellung der monatlichen Zahlungen zunächst eine Stundung der Zins- und Tilgungsraten bewilligt.

Jetzt versuchte sie zu ihrem Geld zu kommen.

"Kommen Sie erst mal rein", sagte Thomas nun,

nachdem er sich von seinem Schrecken erholt hatte. "Ich gehe durch den Keller und öffne Ihnen die Tür."

Im Hausflur rief er nach Inge und traf sie schließlich im Bad an, wo sie sich gerade die Haare fönte.

"Hast du nicht die Klingel gehört", fuhr er sie an, und sogleich bereute er seine schroffe Tonart.

Inge schaute ihn konsterniert an und fragte: "Was ist denn los? Du weißt doch, daß ich mir die Haare waschen wollte. Was soll also dein Herumgebrülle?"

"Es tut mir leid, Schatz", sagte er resigniert. "Aber ich habe Grund für meine Aufregung. Vor der Tür steht ein Obergerichtsvollzieher, der hier pfänden und gegen mich vollstrecken will."

Inge legte entnervt den Fön zur Seite und zwängte sich in ihren Bademantel.

"Ich bin gleich unten", sagte sie. "Dann werden wir die Sache klären."

Sie war seit einigen Tagen bei Thomas, um ihm die ersten Tage nach seiner Entlassung etwas leichter zu machen und hatte diesen Entschluß schon mehrfach bereut. Thomas war unausgeglichen, launig und nervös. Sie fragte sich, warum er seine Freiheit nicht genoß. Steckten etwa weitere Probleme, mit denen sie noch gar nicht konfrontiert worden war, hinter seinem

Verhalten? Der Besuch des Gerichtsvollziehers war sicher eines davon. Was würde noch alles kommen?

Sie ging nach unten und sah sich einem großen, leicht gestreßt wirkenden Mann gegenüber, der in einem Sessel Platz genommen hatte. Bei ihrem Eintreten erhob er sich und stellte sich vor. Er erläuterte auch ihr den Grund seines Besuches und setzte sich wieder. Inge nahm wie üblich die Fäden in die Hand und schilderte in kurzen knappen Worten die Situation.

"Wie Sie sehen", fuhr sie fort, "hat mein Lebensgefährte kaum noch Wertgegenstände hier. Das meiste wurde von seiner Exfrau nach deren Auszug mitgenommen."

"Ich sehe es", sagte Herrmann. "Ich werde Herrn Maurer pfandlos machen und die entsprechende Bescheinigung an die Gläubiger übersenden. Er muß allerdings damit rechnen, daß er zur Abgabe der eidesstattlichen Versicherung vorgeladen wird und sein Vermögen offenbaren muß. Möglicherweise ist auch mit einem Zwangsversteigerungsverfahren zu rechnen."

"Es läuft bereits eine Teilungsversteigerung", sagte Inge. "Schlimmer kann es also nicht kommen. Tun Sie, was Sie tun müssen. Sie machen auch nur Ihren

Job. Alles weitere warten wir ab."

Thomas saß schweigend dabei und verhielt sich völlig passiv.

Nach Erledigung der Formalitäten verabschiedete sich Herrmann und verließ mit einem unguten Gefühl im Nacken das Haus. Eine ihm bisher ungewohnte Vorahnung beschlich ihn und ließ ihn erneut frösteln.

Inge war wütend. Sie stand auf und ging im Zimmer auf und ab.

"Vielleicht könntest du auch mal was ohne mich regeln", fuhr sie Thomas an. "Soll ich jetzt hier das Kindermädchen spielen, oder wie stellst du dir unsere Zukunft vor? Was hast du mir denn noch alles verschwiegen? Wenn ich schon bei jeder Schwierigkeit einspringen muß, verlange ich absolute Ehrlichkeit."

Thomas schaute sie erschrocken an und schlug die Hände vors Gesicht. Sofort bereute Inge ihren Ausbruch und setzte sich neben ihn. Wütend wehrte er sie ab und stand auf.

"Wenn du es so siehst, kann ich auf deine Hilfe verzichten. Ich hab' dich nicht gebeten, für mich die Kohlen aus dem Feuer zu holen. Du hast dich ja förmlich aufgedrängt. Ich dachte immer, daß du mir helfen willst. Anscheinend habe ich mich da aber getäuscht."

"Entschuldige, Thomas", sagte Inge, "aber du mußt auch verstehen, daß ich von manchen Dingen überrumpelt werde. Auch meine Nerven sind in den letzten Monaten nicht mehr die besten."

"Das hast du nun davon, daß du dich mit mir abgegeben hast. Ich habe dich gewarnt."

"Bitte, Thomas, laß' uns alles in Ruhe besprechen. Wir müssen jetzt die Nerven behalten und mit der augenblicklichen Situation leben."

"Ich glaube", sagte Thomas jetzt ganz ruhig, "es ist besser, wenn du mich für einige Zeit allein läßt. Ich muß erst zu mir finden, bevor ich wieder mit einer Frau zusammenleben kann."

Inge wurde schlagartig klar, daß sie sich zu früh auf diese Mission eingelassen hatte. Es war sicher für beide besser, wenn sie etwas Abstand zueinander hielten.

"Wie du meinst, Thomas", sagte sie mit Tränen in den Augen. Dann stand sie auf, ging nach oben und packte ihren Koffer.

Thomas ließ sie wortlos ziehen. Eine seltsame Leere hatte sich in ihm breitgemacht. Die Erlebnisse in der

Psychiatrie und der lange Gefängnisaufenthalt hatten ihn gefühllos gemacht. Er saß in seinem Sessel und rührte sich nicht.

Plötzlich griff eine kalte Faust nach seinen Eingeweiden und schob sich zu seinem Herzen vor. Er bekam keine Luft mehr und drohte zu ersticken. Alle Probleme schlugen wie eine Woge über ihm zusammen. Er erhob sich schwankend und riß die Balkontür auf. Frische Luft schlug ihm entgegen und linderte seine Beschwerden etwas. Doch die Faust griff weiter zu. Panische Angst ergriff ihn und er torkelte, stürzte fast zu Boden, fing sich aber im letzten Moment.

Du brauchst etwas zu trinken, hämmerte eine Stimme in seinem Kopf. Trink, trink, trink, dann geht es dir besser. Er hatte sich geschworen, nie mehr einen Tropfen anzurühren. Doch wenn es ihm so schlecht ging, war Alkohol doch nur Medizin. Er wankte in den Keller. Dort waren noch genügend alkoholische Getränke aus früheren Zeiten vorrätig. Hastig griff er nach einer Flasche Doppelkorn und setzte sie gierig an die Lippen. Brennend heiß schoß der Alkohol in seine Kehle und weiter in die Blutbahn. Er atmete tief durch und spürte sofort eine entspannende Wirkung, die seine Atemnot linderte und die bohrende Faust in seiner Brust augenblicklich stoppte.

Noch einmal nahm er einen kräftigen Schluck und fühlte sich plötzlich allen Anforderungen gewachsen. Er würde die kommenden Schwierigkeiten spielend meistern. Auch würde er Inge morgen anrufen, sich entschuldigen und sie bitten, wieder zu ihm zurückzukommen. Er hatte einen "Blackout" gehabt, der durch den Besuch des Gerichtsvollziehers ausgelöst worden war. Das mußte sie doch verstehen. Schwankend und schnaufend stieg er die Treppe hinauf. Dabei fiel sein Blick auf den antiken Schrank, in dem er seine heißgeliebten Schrotflinten aufbewahrte. Er war in besseren Zeiten als begeisterter Jäger des öfteren auf die Pirsch gegangen und daher berechtigt, Waffen aller Art zu besitzen. Merkwürdigerweise hatte die Polizei nach der Schießerei nur die Pistole beschlagnahmt, nach weiteren Waffen in seinem Haus jedoch nicht mehr gesucht. Er nahm eine Schrotflinte heraus und überzeugte sich von ihrer Funktionstüchtigkeit. Er streichelte sie in seiner alkoholumnebelten Einfältigkeit und stellte sie in den Schrank zurück. Dann ging er nach oben und warf sich im Wohnzimmer auf die Couch.

Als ihm die Augen zufielen, war die Flasche bis auf einen kleinen Rest geleert.

Kapitel 20

Alexander Becker hatte zwischenzeitlich einen Sachverständigen mit der Ausarbeitung eines Verkehrswertgutachtens beauftragt. Dieser schätzte den Grundbesitz auf dreihundertzwanzigtausend Mark. Becker schloß sich dem Gutachten an und traf nach Anhörung der Beteiligten die dementsprechende Entscheidung.

Thomas Maurer hatte mehrmals angerufen und die Festsetzung beanstandet. Nach seiner Meinung sei für das Haus wesentlich mehr zu erzielen, hatte er geäußert und ihn aufgefordert, seine Entscheidung zu ändern.

Becker belehrte ihn, daß der Beschluß anfechtbar sei und er binnen 2 Wochen ab Zustellung Beschwerde einlegen könne. Eine Rechtsmittelschrift war jedoch innerhalb der Frist nicht eingegangen.

Inzwischen hatte er mehrere Anträge gegen Maurer auf Abgabe der Eidesstattlichen Versicherung auf den Tisch bekommen.

Er prüfte die jeweiligen Vollstreckungstitel und verfügte eine Terminsladung an den Schuldner.

Da kommt ja einiges zusammen, dachte er.

Hoffentlich gibt es keinen Ärger mit dem Burschen. Nach allem, was ich bisher gehört habe, scheint es sich um einen gefährlichen Zeitgenossen zu handeln.

Nach einigen Tagen rief Maurer wieder an und verlangte forsch, das Zwangsversteigerungsverfahren hinauszuzögern. Er gab Becker zu verstehen, daß er die alleinige Schuld an den Folgen trage, wenn er das Verfahren nicht einstellen würde.

"Wollen Sie mir drohen?" fragte Becker sofort.

"Ich drohe Ihnen nicht, aber ich verspreche Ihnen, daß wir uns noch sehen werden. Darauf können Sie sich verlassen."

"In Ihrer Situation würde ich mit diesen Äußerungen vorsichtig sein", sagte Becker nun kalt. "Soviel ich weiß, stehen Sie unter Bewährung. Im übrigen mache ich meinen Job und bearbeite Ihre Sache genauso unparteiisch, wie jede andere auch."

"Wenn ich mein Haus verliere, ist mir alles egal. Es ist mein Lebenswerk und ich lasse es mir von niemandem wegnehmen", bellte Maurer und legte auf.

An dieses Gespräch erinnerte er sich nun, als ihm die Akten wieder vorlagen. Trotz eines unbehaglichen Gefühls hatte er keine Anzeige erstattet. Er wollte nicht noch Öl ins Feuer gießen, obwohl dies bei der niedrigen Hemmschwelle, die sich durch gewalttätige Übergriffe auf zahllose Justizbedienstete in jüngster Vergangenheit gezeigt hatte, sicher ratsam gewesen wäre. Er hatte bemerkt, daß er seitdem beim Verlassen des Gerichtsgebäudes unwillkürlich nach möglichen Gefahren Ausschau hielt. Er war kein ängstlicher Typ, hatte er doch schon manches Abenteuer überstanden, doch wußte er das Risiko dabei immer richtig einzuschätzen. Mit Kurzschlußhandlungen von in die Enge Getriebenen hatte er bisher wenig Erfahrung. Er beschloß, Maurer noch mal ins Gewissen zu reden, sollte er denn zum Offenbarungstermin erscheinen.

Er löste sich von seinen Gedanken und wandte sich der Akte zu. Die Sache war nunmehr terminsreif und er traf die notwendigen Verfügungen. Wegen der zu beachtenden Veröffentlichungsfristen beraumte er Termin in drei Monaten an.

Er stand auf und verließ das Zimmer. Er mußte sich etwas die Beine vertreten. Das ständige Sitzen am Schreibtisch tat seiner Bandscheibe nicht gut und verursachte ihm nach einiger Zeit regelmäßig ziehende Schmerzen. Er betrat das Zimmer seines Kollegen Roland Merker, mit dem ihn eine langjährige Freundschaft verband.

"Was gibt es Neues, Alex?" begrüßte der ihn freundlich, froh über die willkommene Abwechslung im täglichen Einerlei.

Becker ging im Zimmer auf und ab und erzählte Merker dabei von seinem verzwickten Fall.

"Ich hoffe, daß die Sache gut ausgeht und nichts passiert", schloß er seinen Bericht und schaute seinen Freund fragend an.

"Man kann nie wissen, was in diesen Wirrköpfen vorgeht", antwortete Merker und steckte sich eine Zigarette an. "Die Vergangenheit hat uns ja immer wieder die Gefahren aufgezeigt. Aber ich denke, daß du nicht mehr tun kannst. Wenn die Polizei im Hause ist, wird er sich zu keinen Dummheiten hinreißen lassen."

"Dein Wort in Gottes Ohr, Roland", sagte er etwas beruhigter und machte zur Entspannung ein paar Kniebeugen.

Sie unterhielten sich noch über private Dinge und frozzelten über allerlei Geschehnisse am Gericht.

"Ich gehe wieder an die Arbeit, Roland", sagte Becker dann unvermittelt und wandte sich zur Tür. Er winkte ihm zu und verschwand. Merker lächelte. So macht er es immer, dachte er. Mitten im Gespräch wird er ungeduldig und haut unversehens ab. Er seufzte und schlug die nächste Akte auf.

Auf dem Weg zu seinem Dienstzimmer lief Becker Obergerichtsvollzieher Herrmann über den Weg. Sie begrüßten sich und Herrmann sagte: "Gut, daß ich dich treffe, Alex. Ich wollte dich die ganze Zeit schon nach einem gewissen Thomas Maurer fragen, der mir ein merkwürdiger Typ zu sein scheint. Kennst du ihn?"

"Und ob!" erwiderte Becker. "Gerade habe ich Termin in einem Teilungsversteigerungsverfahren anberaumt. Am besten kommst du mit in mein Zimmer. Ich habe dir einiges zu erzählen."

Sie gingen in sein Büro und Becker berichtete ausführlich über seine Erfahrungen mit Maurer und dessen Vorleben. Auch die bislang geäußerten Drohungen ließ er nicht unerwähnt und bekannte, daß er diese nicht auf die leichte Schulter nehme.

"Da hat mich mein Gefühl doch nicht getrogen", stellte Herrmann fest. "Bei diesem Burschen hatte ich gleich ein gewisscs Unbehagen. Irgendwie ist er gefährlich."

"Ich habe entsprechende Vorkehrungen getroffen und ihn am Telefon ausdrücklich auf seine noch laufende Bewährung hingewiesen", sagte Becker.

"Das wird ihn nicht von Unbesonnenheiten abhalten,

Alex." Herrmann stand auf und ging einige Schritte auf und ab. "Als ich ihn letzte Woche wegen mehrerer Vollstreckungsaufträge aufgesucht habe, war er ziemlich angetrunken. Kurzschlußreaktionen sind in einem solchen Zustand immer möglich. Offensichtlich war die Therapie für die Katz. Es war auch eine Frau bei ihm, mit der er offenbar zusammenlebt. Er hat sofort bei ihr Unterstützung gesucht und ihr alles weitere überlassen."

Becker griff nach den Vollstreckungsakten.

"Hier habe ich gerade drei Anträge auf Abgabe der Eidesstattlichen Versicherung auf den Tisch bekommen und Termin bestimmt. Wahrscheinlich wird Maurer nicht kommen und Haftbefehl ergehen. Du weißt jetzt über ihn Bescheid. Sei vorsichtig, wenn du ihn aufsuchst. Freiwillig kommt er sicher nicht mit."

"Gut, daß ich das weiß", sagte Herrmann und griff nach seiner Tasche. "Es ist doch gut, wenn man hin und wieder mal seine Erfahrungen austauscht und zu neuen Erkenntnissen kommt. So, nun muß ich aber los. Wir bleiben in Kontakt."

"Mach's gut, Frank", sagte Becker und wandte sich wieder seiner Arbeit zu.

Karin Maurer erhielt den Beschluß über die Terminsbestimmung und atmete auf. Sie hatte die Verzögerungstaktik ihres Ex-Mannes als lästig empfunden, benötigte sie doch das Geld für den fast vollendeten Anbau. Es war ihr unangenehm, daß ihre Eltern bereits Unsummen investiert hatten und sie nahm sich vor, einen Großteil der Baukosten zurückzuerstatten.

Ein leichtes Unbehagen beschlich sie, wenn sie an die persönliche Situation von Thomas dachte. Hoffentlich sieht er die Notwendigkeit der gerichtlichen Auseinandersetzung ein, fuhr es ihr immer wieder durch den Kopf. Er muß sich einfach mit dem Verlust des Hauses abfinden. Sie hatte erfahren, daß er seit einiger Zeit mit einer Lebensgefährtin zusammen war und hoffte, daß dadurch neue Lebensbedingungen für ihn entstanden waren und er nicht mehr in seine Alkoholsucht zurückfallen würde.

Ähnlich unbehaglich fühlte sich Inge Cornelius. Sie hatte nach dem damaligen Streit mit Thomas längere Zeit nichts mehr von sich hören lassen und auf seine Entschuldigungen und sein Drängen, zu ihm zurückzukehren, nicht reagiert. Besonders schockiert war sie, als sie aus seiner lallenden Sprache schließen mußte, daß er wieder betrunken war. Enttäuschung machte sich in ihr breit, zumal Thomas ihr nach seiner Entlassung hoch und heilig versprochen hatte, nie wieder einen Tropfen anzurühren. Daß er dies getan habe, wie er ihr vorwarf, weil sie ihn verlassen habe, ließ sie nicht gelten. Sie fürchtete sich davor, bei jedem kleinsten Anlaß Gefahr zu laufen, mit seinem Alkoholproblem konfrontiert zu werden. Trotz allem fragte sie sich immer wieder, ob sie so einfach den Rückzug antreten durfte. Sie hatte sich mit Thomas eingelassen und versucht, ihn nach seiner Entlassung nach besten Kräften zu unterstützen. Hatte sie diese Kräfte? Andererseits war sie zu nichts verpflichtet. Was ging es sie an, was aus Thomas wurde. Sie hatte alles getan, um ihm zu helfen. Irgendwie war sie nicht mehr bereit, ihr weiteres Leben auf diesem gefährlichen Fundament aufzubauen. Wie sie aus unzähligen Erfahrungsberichten betroffener Frauen aus Illustrierten wußte, war das Leben mit einem Alkoholkranken die reinste Hölle. Höhen und Tiefen wechselten in immer kürzeren Abständen und eine Besserung des Zustandes war nahezu ausgeschlossen. Doch die tieferen Gefühle, die sie für Thomas hegte, waren nicht ohne weiteres auszulöschen. Sie beschloß, die weitere Entwicklung abzuwarten. Sie würde ihn in den nächsten Tagen anrufen und ihm gehörig ins Gewissen reden. Sollte er weiter trinken und seine gegenwärtige Situation nicht ohne Alkohol bewältigen können, würde sie sich von ihm trennen.

Kapitel 21

Zentnerschwere Felsbrocken drückten auf seine Brust und nahmen ihm den Atem. Schweißgebadet wälzte Thomas sich auf den Rücken und schnappte nach Luft. Pelzige Trockenheit kroch die Kehle hinab, seine Zunge war geschwollen. Dämmriges Licht des grauenden Morgens beförderte ihn vom Halbschlaf in die Aufwachphase. Hartnäckig wehrte er sich gegen die auftauchenden Erinnerungen, die aus großer Tiefe in sein Bewußtsein schwemmten und mehr und mehr Konturen annahmen. Er wollte vergessen, verdrängen, nicht wahrhaben, welche Anforderungen das Leben an ihn stellte. Träume zwischen gestern und heute waberten seit Stunden durch seine alkoholgelähmten Hirnwindungen. Gute Tage, schlechte Tage, was das Leben wohl noch zu bieten hatte? Schlechte Tage hatte es genügend gegeben. Die Scheidung, Ankes Tod, sein langer Psychiatrie- und Gefängnisaufenthalt, jetzt Arbeitslosigkeit, Vorladungen bei Gericht und zuguterletzt das drohende Versteigerungsverfahren. Alles floß ineinander.

Peitschendes Einsetzen des Radioweckers mit dem Song: "Bye, bye, my love, mach' et jut...". Gedanken an Inge. War er allein? Oder lag sie neben ihm? Er griff ins Leere. Ach ja, sie hatte es ja abgelehnt, vorerst zu ihm zurückzukommen.

"Guten Morgen, liebe Sorgen, seid ihr auch schon alle da", dröhnte das Radio jetzt. Verfluchter Mist! Mühsam erhob er sich und wankte in die Küche. Seine pelzige Zunge gierte nach Flüssigkeit, egal was, Hauptsache naß und kalt. Aah! Jetzt war es besser.

Mußt du nicht heute zum Gericht? Dieser verfluchte Becker hatte doch eine Vorladung geschickt. Wo war sie? Gestern lag sie noch hier.

Taumelnder Gang ins Wohnzimmer. Es roch nach kaltem Rauch und abgestandenem Alkohol. Leere Flaschen überall.

Er fegte den Tisch frei und fand das Schreiben, übersät mit braunen Fuselflecken. Tatsächlich heute, Neun Uhr. Abgabe der Eidesstattlichen Versicherung. Scheiße! Scheißgläubiger! Alle wollten nur Geld. Der Gerichtsvollzieher lief sich die Füße platt. Scheißgericht! Sie sollten ihn alle am Arsch lecken!

Die Zunge klebte schon wieder. Ein Schluck aus der Pulle half. So konnte es nicht weitergehen. Er hatte sich geschworen, nie mehr zu trinken. Reiß' dich zusammen. Du mußt dein Leben in den Griff kriegen.

Er wankte ins Bad. Es roch unappetitlich. Wahrscheinlich hatte er sich in der Nacht die Seele aus dem Leib gekotzt. Schwankend wusch und rasierte er sich. Er rang mit sich, ob er zum Gericht gehen sollte. Die Musik nebenan verstummte. Nachrichten: Der Weltsicherheitsrat hatte wieder einmal den Angriff irgendwelcher Rebellen auf irgendeinen wehrlosen Gegner besonders scharf verurteilt. Mist! Was ging es ihn an. Alles Komödie, wie so vieles auf der Welt. Mit Brandanschlägen auf Ausländerheime ging es weiter. Raubüberfälle, Geiselnahmen, Mord und Totschlag. Er dachte an seine Vergangenheit und schlug auf die Taste. Die Welt verstummte. Stille breitete sich aus. Nur die Überreste des Waschwassers gluckerten schmatzend in den Ausguß. Übelkeit überfiel ihn. Er mußte raus an die frische Luft, dann würde sein Kopf schon klarer werden. Und vor allem, nahm er sich vor: Heute keinen Tropfen mehr! Es muß anders werden! Wieder fiel ihm der Gerichtstermin ein. Er beschloß, nicht hinzugehen, mochte passieren was wolle. Er fühlte sich elend, sein ganzes Schicksal überrollte ihn. Er fuhr mit dem Bus in die Stadt. Die Sonne brannte, quälender Durst plagte ihn wieder. Er brauchte was zu saufen. Halt, nein, denk' an die Zukunft!

Seine Schritte trugen ihn unmerklich zum Milieu, wo er vor einiger Zeit mehrere Schicksalsgenossen kennengelernt hatte. Die ersten Schnapsbrüder kamen in Sicht, hielten ihm den Flachmann hin. Die guten Vorsätze gerieten ins Wanken. Immer weiter, weiter in den Abgrund. Ein kräftiger Schluck. Tat das gut. Nur heute noch mal, ab morgen wird es anders. Die paar Münzen in der Tasche juckten. Dafür gab es noch hochwirksamen Fusel. Arbeitslosenhilfe wurde übermorgen gezahlt. Das reichte wieder für einige Tage. Erneut ein langer Schluck. Der Alkohol entfaltete seine Wirkung. War doch ganz schön, das Leben. Wozu arbeiten? Hatte er nicht schon genug geleistet? Er hatte doch alles, was er brauchte. Scheißzivilisation! Arbeit brachte nur Streß, Verantwortung und neue Probleme. Keine Zeit zum Leben, was immer das auch sein mochte. Kritik- und Urteilsfähigkeit schwanden mit jedem weiteren Schluck, die Zufriedenheit wuchs. Alles wendete sich zum Guten.

Kapitel 22

Mittlerweile waren einige Wochen vergangen. Alexander Becker hatte die Terminsvorbereitung abgeschlossen und klappte die Akte zu. Wegen der ernstzunehmenden Drohungen Maurers hatte er sicherheitshalber noch folgende Verfügung getroffen:
Zur Durchführung eines reibungslosen Ablaufs der Zwangsversteigerungssache im Sitzungssaal ordne ich folgendes an:

1. Sämtliche Terminsbeteiligte sind auf Waffen, gefährliche und verdächtige Gegenstände zu durchsuchen.

2. Soweit Waffen, gefährliche oder verdächtige Gegenstände nicht der Sicherstellung oder Einziehung unterliegen, sind diese gegen Quittung in Verwahr zu nehmen und dem Besitzer bei Verlassen des Gerichts wieder auszuhändigen. Dies gilt auch für Behältnisse, in denen gefährliche Gegenstände oder Wurfkörper aufbewahrt werden können, insbesondere Plastiktüten, Taschen usw.

3. Die Fenster im Sitzungssaal sind unter allen Umständen verschlossen zu halten.

4. Die Polizei ist für die getroffenen Maßnahmen

um Amtshilfe zu ersuchen. Die unter Nr. 1 - 4
angeordneten Maßnahmen werden von den
Justizwachtmeistern durchgeführt und überwacht.

Er war überzeugt, nunmehr alle notwendigen
Vorkehrungen getroffen zu haben. Sollte Maurer den
Ablauf des Termins gewaltsam stören wollen, konnte
ihm entsprechend Einhalt geboten werden.

Der Versteigerungstermin war auf Neun Uhr
anberaumt. Becker schaute auf die Uhr und beschloß,
zunächst noch eine Tasse Kaffee zu trinken. Obwohl
er bereits eine gewisse innere Erregung verspürte,
wollte er doch auf das gewohnte morgendliche Ritual
nicht verzichten, zumal die Mitglieder der Kaffeerunde
auf ihn warteten.

Fünf vor Neun packte er sämtliche Unterlagen
zusammen und verließ das Zimmer. Kurz vor
Erreichen der Treppe zum Erdgeschoß hörte er eilige
Schritte und sah zwei Beamte eines Sonderein-
satzkommandos in Uniform und mit schußsicheren
Westen ausgestattet die Treppe heraufhasten. Als sie
ihn sahen, mit Akten und Kommentaren unter dem
Arm, stoppten sie ihren Lauf und kamen auf ihn zu.

"Wir wollen zu einem Rechtspfleger Becker", keuchte
der kleinere von beiden, ein stämmiger, etwas

untersetzter Mittvierziger, und deutete auf seinen Kollegen. "Wir wurden zur Sicherung eines Versteigerungstermins angefordert."

Becker warf einen Blick auf die geschulterte Maschinenpistole und gab sich zu erkennen.

"Das bin ich", stellte er sich vor, und reichte ihnen die Hand. Dann schilderte er den beiden Beamten kurz und detailliert die Situation und erfuhr, daß bereits alle Terminsbeteiligten vor Betreten des Sitzungssaals entsprechend durchsucht worden waren. Sie gingen nach unten und Becker sah zwei weitere Beamte, die gerade eine kleinere Personengruppe kontrollierten.

Vielleicht kommt Maurer gar nicht, dachte er. Womöglich ist das Polizeiaufgebot doch übertrieben. Aber man kann nie wissen. Sicherheit hat Vorrang.

Er betrat den Sitzungssaal und nahm hinter dem Richtertisch Platz. Er blickte in die Runde und sah sich einem großen Publikum gegenüber.

Erfahrungsgemäß war bei einem Objekt dieser Art das Interesse groß. Es war jedoch nicht abzusehen, wie viele Neugierige, die sich an einer Versteigerung eines Hauses in ihrem Wohnort oder gar in der unmittelbaren Nachbarschaft erfreuten, erscheinen würden.

Zwei kleinere Tische unterhalb des Podiums waren für die Beteiligten reserviert. Auf der linken Seite erkannte Becker den Anwalt der Antragstellerin und sah auf der rechten Seite den Anwalt Maurers.

Er nickte ihnen kurz zu und eröffnete den Termin mit der Bekanntgabe des zu versteigernden Grundstücks und stellte dann fest, wer von den Beteiligten anwesend war.

Thomas Maurer war nicht da. Sein Bevollmächtigter trug vor, daß sein Mandant ihm ausdrücklich seine Teilnahme zugesagt habe. Warum er nicht erschienen sei, entziehe sich seiner Kenntnis. Karins Anwalt betonte, daß seine Mandantin aus den dem Gericht wohl bekannten Gründen an dem Termin nicht teilnehmen könne.

Becker wandte sich an die übrigen Personen und fragte, ob ein weiterer Beteiligter, etwa jemand, der ein Recht an dem betroffenen Grundstück habe, anwesend sei. Dies war nicht der Fall.

Er machte dann die Eintragungen im Grundbuch bekannt und wies auf die bei den Akten befindliche Flurkarte und das Schätzungsgutachten hin, das von jedem Interessenten eingesehen werden könne. Dann teilte er den festgesetzten Verkehrswert mit und erläuterte, daß unter der Hälfte dieses Wertes ein Zuschlag nicht erfolgen dürfe. Der Gesetzgeber habe diese Mindestgrenze zum Schutz der Eigentümer vor Verschleuderung des Grundbesitzes festgelegt.

Dann verlas er die Versteigerungsbedingungen und gab kurz vor Beginn der Bietungsstunde noch folgendes bekannt:

"Die Bietstunde beträgt mindestens dreißig Minuten. Sie haben in dieser Zeitspanne Gelegenheit, entsprechende Gebote abzugeben. Ich werde ununterbrochen hier anwesend sein, um diese entgegenzunehmen. Nach Ablauf der Bietstunde werde ich das letzte Gebot dreimal aufrufen und dann noch einmal fragen, ob ein höheres Gebot abgegeben wird. Ist dies nicht der Fall, wird die Bietungsstunde geschlossen. Weitere Gebote sind dann nicht mehr möglich."

Die Tür wurde geöffnet und ein hohlwangiger, unrasierter Mann betrat den Saal. Mit hochrotem Kopf schaute er sich hilflos um. Maurers Anwalt winkte ihm zu und bedeutete ihm nach vorn zu kommen. Dann wandte er sich an Becker und erklärte für das Protokoll, daß der Antragsgegner nunmehr erschienen sei.

Becker eröffnete die Bietungsstunde und faßte für Thomas Maurer noch einmal die wesentlichen Versteigerungsbedingungen zusammen.

Eine merkwürdige Spannung hatte sich seit Maurers Erscheinen im Sitzungssaal ausgebreitet. Einige Zuschauer wurden unruhig und tuschelten leise miteinander. Die Anwesenheit der schwer bewaffneten Polizeibeamten tat ein übriges.

Obwohl alle Vorkehrungen getroffen waren brodelte es. Was würde geschehen, wenn der Zuschlag erteilt wurde? Konnte Maurer es verkraften oder würde er wieder ausrasten? Den meisten war seine unrühmliche Vorgeschichte bekannt, hatte aber offensichtlich keine abschreckende Wirkung zu verzeichnen. Becker beobachtete ihn aus den Augenwinkeln. Maurer wirkte fahrig und redete unentwegt auf seinen Anwalt ein. Ob er alkoholisiert war, konnte Becker von seinem Platz aus nicht feststellen.

Das erste Gebot kam nach zehn Minuten. Ein kleiner dicklicher Mann in einem braunen, viel zu engen Anzug, der fast aus den Nähten platzte, stellte eine Summe von 160.000,-- DM in den Raum. Becker bat ihn nach vorn und nahm seine Personalien auf. Dann verkündete er erneut den Betrag und schaute in die

Runde.

Teilnahmslose Gesichter begegneten ihm.

Die Spannung stieg.

Niemand gab seine geheimsten Gedanken preis.

Er war es gewohnt, daß die ersten fünfundzwanzig Minuten undramatisch verliefen. Potenzielle Bieter belauerten sich gegenseitig und warteten auf ihre Chance. Die Zeit verstrich. Gähnende Langeweile breitete sich aus.

Thomas Maurer schaute wütend in die Runde und fixierte insbesondere den mutigen Bieter in der ersten Reihe.

"170.000,--DM!" ertönte jetzt ein Zuruf aus der letzten Reihe. Ruckartig fuhren die Köpfe herum und musterten den neuen Mitstreiter.

Die Anwälte schrieben den Betrag auf einen Zettel und malten anschließend wieder kleine Männchen mit Mondgesichtern, um sich die Zeit zu vertreiben.

Die letzten Minuten verrannen, ohne daß sich etwas tat.

Nach Ablauf der Bietzeit verkündete Becker das letzte Gebot durch dreimaligen Aufruf.

Die Tür knarrte und ein Mittfünfziger in einem tadellos geschnittenen Zweireiher betrat den Saal.

Ohne auch nur nach dem Stand der Sache zu fragen trat er nach vorn und bot 400.000,-- DM.

Ein Raunen ging durch den Saal. Spekulationen wuchsen ins Uferlose und die Anwälte schrieben erneut eifrig schwarze Zahlen. Wer war dieser Mann? Wer ging schon über den festgesetzten Verkehrswert hinaus? Hatte Thomas Maurer hier eine Rettungsaktion eingeleitet? Aber wo sollte ein Mann in seiner Situation einen solchen Schutzengel herhaben?

Alle Vermutungen gingen in die falsche Richtung. Tatsache war, daß der Bieter eine einflußreiche Stellung in Koblenz angetreten hatte und ein Haus in unmittelbarer Nähe suchte. Gerade dieses Objekt hatte es ihm und seiner Familie nach langer Suche angetan. Geld spielte keine Rolle. Er hatte den Preis absichtlich auf diese Höhe getrieben, um alle anderen Interessenten auszuschalten.

Becker fragte erneut nach einem höheren Gebot, obwohl er sich eine weitere Steigerung nicht vorstellen konnte. Doch alle Anwesenden hüllten sich in Schweigen.

Er verkündete nun den Schluß der Bietungsstunde und stellte dann das endgültige Ergebnis fest.

Da das Gesetz sofortige Zuschlagserteilung vorschrieb,

verkündete er den entsprechenden Beschluß. Damit ging das Eigentum kraft Richterspruch sofort auf den Meistbietenden über.

Ein Raunen ging durch den Saal. Alle Blicke richteten sich auf Thomas Maurer. Die Polizeibeamten standen sprungbereit und warteten auf ihren Einsatz. Maurers Anwalt hatte Mühe, Thomas auf seinem Platz zu halten. Hektisch redete er auf ihn ein und beschwor ihn, die Entscheidung zu akzeptieren. Er wies ihn darauf hin, daß mit diesem Erlös all seine Probleme kleiner geworden seien und er sich damit eine neue Existenz gründen könne. Er hoffte, ihn zur Räson zu bringen. Die Meute aber wartete auf einen Eklat. Doch der blieb diesmal aus. Thomas resignierte.

Kapitel 23

Obergerichtsvollzieher Frank Herrmann raufte sich die Haare. Wie befürchtet, lagen ihm mittlerweile drei Haftbefehle gegen Thomas Maurer vor. Er war natürlich nicht zum Offenbarungstermin erschienen und Herrmann mußte ihn nun dem zuständigen Rechtspfleger vorführen.

Sollte er sich weigern, war er unverzüglich in die nächste Justizvollzugsanstalt einzuliefern. Dort drohte ihm eine Inhaftierung von bis zu sechs Monaten, bis er bereit war, seine Vermögensverhältnisse zu offenbaren.

Herrmann war sich der Problematik einer Verhaftung bewußt und versuchte, die Erledigung dieses Auftrages noch etwas hinauszuschieben.

Mittlerweile hatte der Ersteher des Hauses Thomas gekündigt und ihn aufgefordert, binnen einer Frist von einem Monat den Besitz des Hauses aufzugeben.

Da Thomas nicht daran dachte, freiwillig das Feld zu räumen, wurde eine vollstreckbare Ausfertigung des Zuschlagsbeschlusses beantragt, mit dem eine zwangsweise Räumung durch den Gerichtsvollzieher erfolgen konnte.

Auch dieser Beschluß mit entsprechendem Antrag landete auf Herrmanns Tisch. Er beschloß, alles in einem Aufwasch zu erledigen. Er teilte Thomas Maurer mit, daß er mit der Zwangsräumung beauftragt worden sei und setzte einen nahen Termin fest.

Gleichzeitig bat er für diese Mission um polizeiliche Hilfe.

An einem Mittwochmorgen lief das Unternehmen an. Zwei Polizeifahrzeuge fuhren in den Hof, im Anschluß daran Obergerichtsvollzieher Herrmann, gefolgt von einem Lkw einer örtlichen Spedition. Diese sollte die Habseligkeiten von Thomas aufladen und in ihren Räumlichkeiten einlagern. Thomas hatte versucht, einen Aufschub der Zwangsräumung im Wege des Vollstreckungsschutzes zu erreichen, da er bisher noch keine geeignete Unterkunft gefunden hatte. Doch dieser Antrag war von der zuständigen Stelle des Amtsgerichts mit der Begründung abgelehnt worden, daß die Gemeinde in diesem Falle für entsprechendes Obdach zuständig sei und die Räumung keine Härte bedeute, die mit den guten Sitten nicht vereinbar sei.

Obergerichtsvollzieher Herrmann klingelte und wartete auf Einlaß. Nichts rührte sich. Er drückte erneut auf die Klingel und pochte an die Tür.

"Öffnen Sie, Herr Maurer!" rief er und gab seiner Aufforderung durch erneutes Klopfen Nachdruck. "Sie wissen, daß heute die Zwangsräumung durchgeführt werden muß. Eine Nachricht hierüber ist ihnen zugegangen."

Die Polizeibeamten in den Fahrzeugen warteten ab. Gespannte Erwartung lag in der Luft. Würde es zu einem Eingreifen kommen oder konnte dieser Fall friedlich gelöst werden?

Plötzlich drang der unverkennbare Knall einer Schrotflinte an ihre Ohren und die Glasscheibe der Haustüre zersplitterte mit einem klirrenden Geräusch.

Obergerichtsvollzieher Herrmann wurde von der Schrotladung unmittelbar getroffen. Sein Körper bäumte sich durch die Wucht des Aufpralls der Geschosse auf und fiel dann plötzlich in sich zusammen. Dann rollte er die zwei Stufen der Eingangstreppe hinab und blieb regungslos liegen.

"Ihr kriegt mein Haus nicht, ihr Schweine!" dröhnte eine Stimme und eine weitere Salve aus der Schrotflinte bekräftigte deren Entschlossenheit. "Haut ab, und laßt mich in Ruhe."

Die Situation eskalierte.

Die Beamten sperrten das Haus weiträumig ab und

forderten einen Verhandlungsspezialisten sowie ein Sondereinsatzkommando an. Kurz darauf hörte man das klatschende Geräusch der Rotoren eines Rettungshubschraubers, der in unmittelbarer Nähe landete. Weiter wurden zahlreiche Einsatzkräfte vom Deutschen Roten Kreuz angefordert.

Nach kurzer Zeit gelang es Kriminalhauptkommissar Volker Slobinski, einem speziell für solche Fälle ausgebildeten Beamten, mit Thomas Maurer Kontakt aufzunehmen.

Die Verhandlungen wurden über Megaphon geführt. Nach ergebnislosen, zermürbenden Gesprächen wurde Thomas aufgefordert, sich zu ergeben und mit erhobenen Händen das Haus zu verlassen.

Gespannte Erwartung lastete auf allen Beteiligten. Lähmende Stille lag über dem Wohngebiet. Nachbarn und zufällig vorbeikommende Passanten konnten nur mühsam zurückgedrängt werden.

In diese Atempause der Zeitgeschichte donnerte erneut ein Schuß aus der Schrotflinte. Doch er drang nicht nach außen, sondern verhallte im Inneren des Hauses.

Panischer Schrecken fuhr den Beamten des Sondereinsatzkommandos in die Glieder. Über Megaphon befahl der Einsatzleiter die Stürmung und eilte voran.

Gleichzeitig bemühte sich ein Notarztteam inmitten der chaotischen Situation um die Rettung von Frank Herrmann, der in Ausübung seines Dienstes lebensgefährlich verletzt worden war.

Voller Entsetzen starrten die Beamten auf das grausige Bild der Verwüstung, das sich ihnen nach dem Eindringen in das Haus bot. Die erforderlichen Maßnahmen wurden schnell und routiniert getroffen.

Epilog

Die Trauerfeier war schlicht. So schlicht und unbedeutend, wie die letzten Jahre seines Lebens verlaufen waren. Nur wenige Freunde, überwiegend Kumpane aus dem Milieu, trotteten hinter dem billigen Sarg aus Tannenholz her, für dessen Bezahlung das Sozialamt hergehalten hatte.

Häßliche, halbverhungerte Krähen hockten auf den kahlen Ästen der Bäume, die die Grabstätte im hintersten Winkel des kleinen Westerwaldfriedhofs überragten. Ein rauher Wind blies und fegte die vom Alkohol ausgezehrten Teilnehmer des winzigen Trauerzuges förmlich von den Beinen.

"Und so wollen wir", dröhnte die Stimme des Geistlichen gegen die Sturmgeräusche an, "auf unseren Bruder die Gnade Gottes herabrufen, auf daß er ihm vergebe und ihn zum ewigen Leben erwecke. Herr, gib ihm und allen Verstorbenen die ewige Ruhe und das ewige Licht leuchte ihnen, laß' sie ruhen in Frieden, Amen."

Nach diesen Worten verließ er das Grab und ermöglichte den wenigen Trauergästen, ihrem Weggefährten die letzte Ehre zu erweisen.

Thomas hatte sich während der Räumungsaktion im Zustand höchster Erregung den Doppellauf der Schrotflinte in den Mund geschoben und mit dem Mut der Verzweiflung angesichts seiner aussichtlosen Lage abgedrückt. Nach einem entsetzlichen Knall zerplatzte sein Kopf in tausend Teile und eine blutige Masse von Knochensplittern und Gewebe bespritzte Wände und Fußboden. Sein Körper wurde auf Berge von Unrat geschleudert. Leere Bier- und Schnapsflaschen klirrten unter dem Aufprall und kullerten umher. Die kurz darauf ins Haus eingedrungenen Beamten bemühten sich um Schadensbegrenzung.

Doch für Thomas kam jede Hilfe zu spät. Seine Leiche wurde dem Gerichtsmedizinischen Institut zugeführt, der schwerverletzte Gerichtsvollzieher ins Evangelische Stift in Koblenz geflogen.

Weit entfernt, von den Trauergästen unbemerkt, stand Inge Cornelius hinter einem Baum und weinte sich die Augen aus. Der Schmerz lähmte sie und sie war nicht fähig, auch nur einen Schritt weiter in Richtung Grab zu machen. Sie hatte Thomas vor seinem Tod noch einigemale besucht und ihm in Aussicht gestellt, bei völligem Alkoholverzicht wieder zu ihm zurückzukehren. Dazu war es jedoch nicht mehr gekommen.

Wieder mußte sie aus den Nachrichten alles erfahren.

Karin Maurer wurde von der zuständigen Kriminaldirektion über das schreckliche Ereignis informiert. Der Selbstvorwurf, Thomas mit dem verhängnisvollen Versteigerungsantrag in den Tod getrieben zu haben, brach ihr fast das Herz.

Sie hatte nicht mehr die Kraft, Jörg gegenüberzutreten und ihm nach Ankes Tod nun auch noch den Verlust des Vaters beizubringen.

Der Vorfall löste in der Bevölkerung und in Justizkreisen große Betroffenheit aus. Diskussionen über Sinn und Zweck des Maßregelvollzuges brachen erneut auf. In zahlreichen Erlassen wurden Sicherheitsmaßnahmen überarbeitet und von der Justizverwaltung an alle betroffenen Bereiche mit dem Hinweis auf strikte Beachtung weitergeleitet.

Frank Herrmann überlebte, konnte jedoch infolge seiner schweren Verletzungen die Gerichtsvollzieher-tätigkeit nicht mehr ausüben.

Er wurde in den Innendienst versetzt und übernahm die Geschäftsstelle für Zwangsvollstreckungssachen beim Amtsgericht.